驛站前的整條街都溶在光裡

宏先 著

推薦語

迎光推薦

祝福黑暗中尋找光亮的人，在詩歌裡得到慰藉與安頓。

詩人　凌性傑

宏先的文字，讓人願意翻出自己最柔軟的一塊，閱讀、共感。你會感覺到他的溫柔，傾注「愛」書寫世界的憂傷和哀美，雖出發的是他的眼睛，眼眶和心也跟著感染濕潤。邀請你進入他的文字世界，陪伴完成一場自我書寫，並在閱讀的過程中獲得療癒、甚或發現並拾起了曾遺失的、一部分的自己。

歌手　徐靖玟

自序 I

發光的文字終引領我們抵達彼岸

不曉得，你是以什麼方式拿到這本流水金燦、閃閃折光的書，希望你可以在這百餘篇詩文中優游，就好像第一次活在母親的羊水、徜徉在輕暖的秋日午後、偶然發現天際隅角彩虹，或是，某日疲倦至極後瞥見的雨後天晴。此刻，身爲作者的我眞的很幸福，好像看見光明，因爲你們，因爲購買這本書的你們。我們總要相信有些事物是會發光的，對我來說，是文字，文字可以模糊而殘忍，就像濕漉漉的分手信；也可以充滿光彩如一襲暖裘，輕飄飄，一下子讓人泛上紅暈。而你，要很認眞去相信，某些事物會發光，讓它帶著你回溯到起點，也可能來到終點，你一定會放聲大哭的，或者盛怒、或者狂喜。如果你並不相信，那麼人生將是杳無趣味的。

兩個月，我就寫完《驛站》的百分之六十，而剩下的四十則是從高中入學、休學這段時間，所收集而成。有些是眼淚，是很深很深的海洋；有些是豐收，是整生的愛；有些則是懺悔，是無光的內疚。另外，我不希望第一本書，你們看見的是我前幾年的模樣，我不需要你們打探這樣的我，我要給你們看最好的我、最壞的我，我們可以更貼近，可以親近如黃鸝鳥，也可以厚愛彼此。此刻淩晨兩點二十五分，我想起林奕含在專訪說過：「美是眞實的，苦痛也是眞實的。」是的，誠如你們所見，無論刻骨銘心，還是飄蕩未決，這些都是我。當你看得更多了，甚至會看見我感恩。

雖然，我很想告訴你們，《驛站》是一本溫暖和煦、輕薄透光的書，不過，沒有下雨，哪裡來的光華瓣葉，哪裡有美好的雨水氣息呢？《驛站》如是。在前面幾篇，你們會看見深淵、會看見暗室、會看見混亂，那是我的淚水，是我的悲慟與憂鬱。如果可以，就讓他們成爲你痊癒的過程與緣由。別害怕，我理解，我在你身旁，有一本詩文集妥善地收納了你的不安與懦弱，因爲有一位妄爲的小孩，他實誠地說出來了、哭出來了。但在後面幾篇，你會看見太陽雨，接著會有陽光包覆你，讓你不再撐傘，因爲人追求溫暖的本性。但我還是哭了，因爲這一趟好難，這一趟不簡單，不知道哪裡來的傷痕湧上心頭，哽咽，然後恬靜地睡去。好像父親的體溫，好像他的背脊，他提醒我吃下抗憂鬱藥物。

在憂鬱症這段時間，我不相信自己，我不喜歡自己，我對一切感到迷惘而困惑；但有一件事情我深信著，文字一定是有光的，我相信文字會帶我到彼岸。我這樣告訴自己，告訴每一個懷疑自己的人。我好討厭自己，我眞的覺得自己不值得一切，我的父母通常白費功夫，因爲他們生下了我。但我的文字不可以荒廢，我的文字與思想必然有價值，只是需要伯樂，我幾乎歇斯底里。我活下來了，爲了出這本書，我活著了。不可諱言，我的確想死，但我也想看到我的書被別人閱讀，我想要讓別人大哭大笑。如果這一輩子眞有目的，我只要這個。一整片荒原，看見花朵，聽見人們吟詠一些古老的故事，那些故事出自我手，我輕輕唱著最好的時光。沒有了，沒有了，沒有更美了。

看見了嗎，我仍在。爲了見到祢，我還不可以死掉。

自序 II

終究只是害怕被看見，我無光的黑洞

以前我寫短詩，寫很短很短的詩，後來我寫中長詩，我開始加深、加長那些留白。現在我寫短詩，也寫長詩。悲傷時說不出話，都是零碎，於是寫短詩；感動時想說的話好多好多，所以我寫長長的詩與散文。當然我不能夠如此輕率地歸類與定義，但我是這樣喜歡著，這是我書寫的模樣。都很好，我很好了，我學會說話、學會唱歌，好像還是昨天的事情，好像一切都還很新。詩，多美的語言，第一次見面、第一次書寫，我才小五，已經七年多了，搖搖晃晃，沒有人告訴我該去哪裡，自己抱著、扛著走了好遠。

有時候，我害怕人群，我害怕被看見無光而貧窮的內裡，就好像會反噬的昨日黑洞。說白一點，我只是怕你們覺得我不好了，會離開我。這些年來，喜歡過很多人，討厭過很多人，與很多人約會吃飯，也與很多人牽手擁抱。而當中，讓人眷戀的太殘忍，讓人淡忘的太潦草，我們不是這樣無所謂的人，我們會隱藏自己的黑洞，因爲看見了光明。不要逃避，不要期盼，卻也不要欺騙，你要誠實。我這樣告訴自己，也告訴自己的詩。之前暈船失戀時，我在紙上寫下：「只是看見純白的你，怎麼會發現自己不見底的黑洞。」我的黑洞會吃人，請不要過來，我害怕。

我思索，寫詩是否就是一種包裝黑洞的方式，讓我把自己的黑洞贈予你們、傳遞給你們，讓我們共鳴，然後一起迷惘。在深淵看著星星時，有些人看見了希望與宇宙，這是他們的生存意義，一起相信會康復。在經營社群時，與讀者交流，我意識到可以將傘借給他們，如果我願意。其實我很自卑，我很畏懼一些悲傷的事情，但我發現自己可以溫暖別人，用我的黑洞、用我泛淚的眼。如果你想，讓我把黑洞借你看一看，我們可以一起受傷，然後療傷。

九月某日的下午兩點，又過了數十個小時，我還活著，同時編排著《驛站》的文稿內容。一切很好，一切無雲，我感到安適，我希望這不是抗憂鬱藥物的關係，我希望這是因爲一些心靈上的撫慰。別說我做這些無濟於事，人們並不懂得我，並不懂得走到這一步有多艱難，每一刻

都想逃跑到天堂，但我不責怪任何人，因爲他們不是我。最近，我在放逐一些人，我在原諒一些人，就好像他們並沒有對我造成傷害，好像他們也有自己的難題。過不去的，讓它過去，讓它來到遙遠的彼方，一片雲、一個人、一顆太陽，會有人不知道我身上的黑洞，只知道我需要擁抱。

如果你恨自己，恨自己的黑洞，恨讓你悲慘的純白陽光，那就先好好恨。恨完了，要記得好好活下去、好好愛。

自序

亞

溶在光裡的還有我們

嘿，片刻之後，我醜陋眞實的傷痕與美好華麗的翅膀，就要全然展露在你的面前，我既興奮又驚惶，請你善待它們。原諒我的絮叨，這一切都是有緣由的，這一切都能夠被紀念的。請你大力撞擊你的青春、你的鼓點、你的手掌，猶若幾年以前你第一次愛，讓這一切都住進你的生活，昇華成最美麗的煙花。我由衷地希望你可以確實看見我眼中的光芒，驛站前的整條街都溶在光裡，那是什麼光，那是哪裡來的光呢？另外，我得提醒你，除了街道，溶在光裡的還有我們。

感受淋漓的雨，濕透後，被暖暖地曬乾。

祝你，旅途愉快。

目次

無人詩

我的喪禮上要放這些歌

我忘記了一些事情

不完美狀態

若非你，不是我

驛站前的整條街都溶在光裡

星期六的下午三點

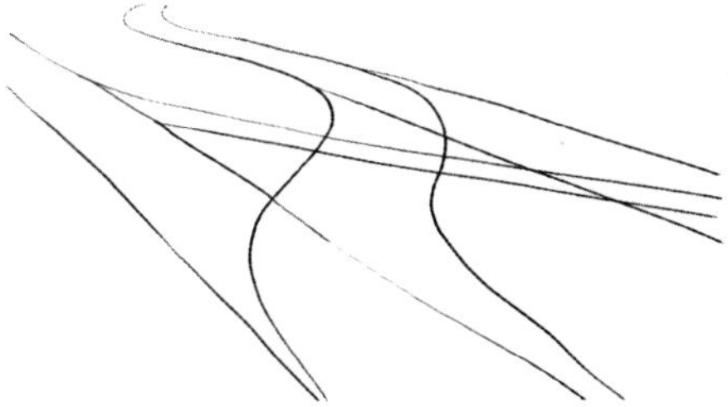

可以脆弱的地方

可以脆弱的地方、可以擁抱自己的地方在哪裡？
有些地方的確存在，但找不到了……。

〇六五二房間

晨起。〇五三〇
拋棄了晏起晏眠的習慣
刨削了計畫表上的時程
斟酌今日到校，與否
因爲，我內心有龐大而波濤的，情意
無法捕捉……

〇六三〇，以前
梳理自己的模樣
髮絲末端的分叉，或者
昨日未換洗衣物，讓那些污漬，適得其所
放一首爛俗而傷懷的流行曲
鋼琴鍵上恣意地，指尖，連自己

都不明白自己

（請夏宇讓我的慾望，還只是光。天高高的心淺淺的……。）

○六三六，父親來我床前
問我，你又發作了對嗎？
父親裝聾，我作啞（不經意為之）
為我帶來一顆維他命
配水，吞嚥，習慣性動作
如同我這半年吃下的抗憂藥物
一樣的，都是一樣的

（得請洛夫告訴他，此信能否看懂並不重要，重要的是……。）

○六四四，樂曲仍然繼續
○六四五，扉外人聲與步伐鼎沸著

○六四六，父母親在廁所對話，半掩門（大多是我的事）
○六四七，母親穿越陽臺
○六四八，水聲在流理臺作響
○六四九，父親坐在我床畔，切切私語

○六五二，樂曲仍然繼續

本詩提及夏宇的詩作〈我的死亡們對生存的局部誤譯〉、洛夫的詩作〈因為風的緣故〉。

失物之海

（你是不是失去了些什麼？）
（讓我，幫你找……。）

遙遠的彼岸
傳來低壓氣旋的風向
老船長說，這是下雨的徵兆（快轉舵）
海妖使涼意浸潤。恍惚間
來到另一個世界

（未見之明，愚蠢而決絕的人類啊……。）

放眼，溺水的船員打撈自己的身軀
卻仍落入六尺之寒。股掌之間

彼此相望而不得（傳來哭喊）
遙遙墜墜，有個聲音說：
你，是不是失去了什麼……？
（一股，熟悉溫熱）

（聖潔的神祇，請祢祝福我們，渡過這片汪洋……。）

空泛的海岸上
精緻而易碎的想望
（船員紛紛投擲自己的欲念）
雪白浪花覆在了他們的口鼻（一瞬間）
翻飛成多年前，稚嫩的面貌
手中發著光，多了一些世俗的心願
發散在這樣的海端（猶若繁星傾倒時）
靜默地，令人困惑狂喜地
失物都回來了

（你們將就此沉沒汪洋，卻永恆幸福……。）

遠方又一艘船
擺盪前來

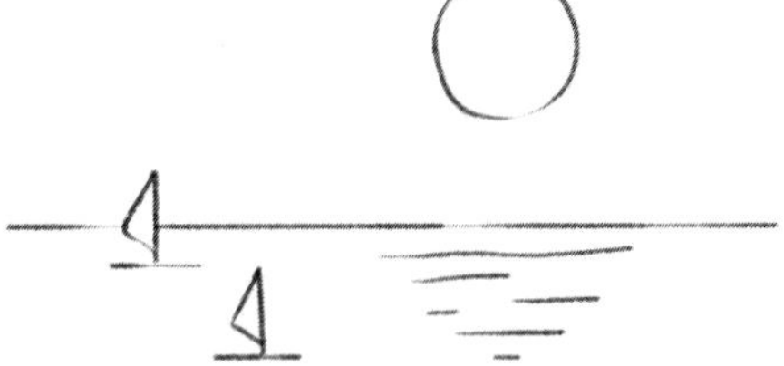

空碼頭

我等著自己醒覺
內在的，最好的自己
虔誠叩首，凝神等待
這會讓我流淚……

遙望著未走之路（極目遠眺）
彎彎，繞繞，兀自地抵達一個碼頭
那是一個空空的碼頭
但渡客們並不在意（杳無丰采的眼）
船伕也不介意（一張白紙的唇）
他們說，他們
要去遠方

有情人正吟唱著
（爛俗老套的情歌時而也打動人心⋯⋯。）
海浪成群並列在各自的所在
深刻而迂迴的，離別始終
不能發生，做爲一個
只可遠觀而不可褻玩的
空碼頭

（我丟掉了自我，卻仍搭不上那艘船⋯⋯。）

我等著自己醒覺
內在的，最好的自己
虔誠叩首，凝神等待
這會讓我流淚⋯⋯

我沒有要活

有人以為我要活，施以教訓與建議，
但可惜了，他們錯了，我沒有要活。

有些人就是不該活下來

他們不知道　連我
都不知道
有些人　就是不該活下來

墜入時空間隙
一步　一步　走回最初的樓道
那些階梯與石塊　什麼時候變得透明
你不知道
看著　透出自己腳踝的街道
你不知道

就是這樣飄渺的空間
妥善保存了自己　與別人的觀照

要哭　索性哭得夠了
再死不遲

他們會很開心我成爲了一個正常人
一個　實實在在活著的
人
然而他們並不知道的是
他們選錯了人
我沒有要活

你還不可以瘋掉

聽聽你現在在說什麼
爲什麼　看著你哭
我卻想笑了

人生本來就是這樣
嘗試失敗　然後哭泣
才會領悟到自己的軟肋
才會在自己的傷口上灑鹽

不要　這樣
不要活得這麼極端
不要把自己當成一枚無知而戲劇化的角色
不要

不可以
你還不可以瘋掉

我做很多事情都失敗了
我真的不曉得你現在這樣做有什麼意義
還不如讓我一口氣
乾脆一點……

先不要擁抱我

我是自己的反面
我不是故意的
我不是　一直都這樣的

這段旅程好像很難
人生會有一些片段一直在重複
我並不是十分瞭解　自己
逃走的原因

我知道有些人活著就像死了
但我從來不認爲我是其中一個
那樣虛妄而衝突的
不要　請不要再附加於我

也不要爲我脫逃罪名
那是我最好的
歸宿

聽很多人說
聽很多人對我說
說什麼……

就讓我沉淪
就讓我悲傷到底
讓我　觸摸世界的端點
我好脆弱
好難過

我哭泣的時候
碰得到世界頂端

你都怎麼哭呢？默不作聲還是放聲，是否用手抹去淚痕……。哭久了，就碰得到世界頂端了。

好痛的夢

說穿了　也不過是這樣吧
爲什麼要害怕
爲什麼要捨不得離開
再活
也不好意思了

你在做夢嗎
你　做了什麼夢
夢見自己了嗎
你跟自己　說了什麼
有沒有說　你們一直以來的小祕密
還是說了彼此的小悲哀
那些不夠被愛的

那些表情　就戴上去
沒關係的
拿出來
笑一笑
哭一哭

明明已經活得很勇敢了
不曉得　這輩子爲什麼過得這麼痛
有火　那裡有火在燒我
有水　他們知道我不會游泳
爲什麼
我又不是壞人
爲什麼　要把我
趕走

過了很久
假如我夢見以後的自己
我一定要問他　你
還會不會
那麼痛

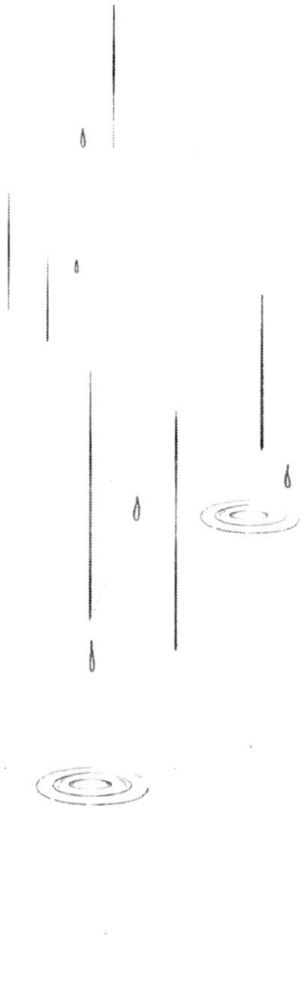

我走不回沙灘了

你陪我一起去過白白的沙灘
一起笑　一起哭
一起溺水
我的眼中
有好深好深的寶貝
有好深好深的
一個　擁抱

波光粼粼
你的眼睛和海面都是一樣的
那麼亮　閃爍著
你知道你擁有了什麼嗎
滿地白沙　湛藍海面

不要總說　你只有一些垃圾
你擁有我最想要的
垃圾是我
是我自己
才對

說來說去
我只是把自己的全部都給了你
不管是垃圾　還是寶物
沒有問你　到底
要不要

我忍不住了
我向你要求回覆了
請你不要一而再再而三地將我當成笨蛋
就算我是笨蛋你也不可以這樣對我

你明明知道我是這麼地愛你
你已經擁有全部的我了
你眞的想要我嗎我眞的一點都看不出來
如果你是愛我的請你告訴我
哪怕是一點點我求求你了
我看著　我看著
你

長長的　白白的沙灘上
你只告訴我
一個好久好久的
擁抱

城市病

爲什麼窗外的夜色這麼黑
爲什麼總有零星不滅的霓虹燈光
這是　正常的嗎
那些亮起的招牌
冰冷地
撫慰了誰嗎

有些事物　一定是相對溫暖的
對吧
否則　人們怎麼能若無其事地
活著

每天擠進列車的肚子
再被列車嘔吐出來
裝作自己其實是一位超人
裝作自己其實並不是那麼在意
即便身體上沾黏了一些什麼
即便每天
都有一小片自己正在死去

我只是想做得更好
我只是想成爲更好的自己
我沒有錯

於是你倔強地告訴自己
繼續恍若隔世地前往一個虛無的所在
逐漸地
你生了城市病

每到夜深了　人聲杳無
你會問

爲什麼窗外的夜色這麼黑
爲什麼總有零星不滅的霓虹燈光
這是　正常的嗎
那些亮起的招牌
冰冷地
撫慰了誰嗎

無明

總有一天
你會好
我看著你充滿光芒的眼
困惑

這不是現在可以遑論的
我們如何與這樣輕浮的議題結合
當一切都無光
而使我雙眼無明
你拿什麼
要我相信你手上
潘朵拉的盒子

那是妖怪
那是魔鬼
最好的寫手不會在第一章放過你的
他們總期待日後的衝突與和解
親愛的
那多殘忍

不要再裝作你並不瞭解這一切
不要再以爲我不知道你的陰謀
當你長長地歎息
我隨之流淚
我怎麼能說服　自己
是看得見結局的

我覺得
我等不到了

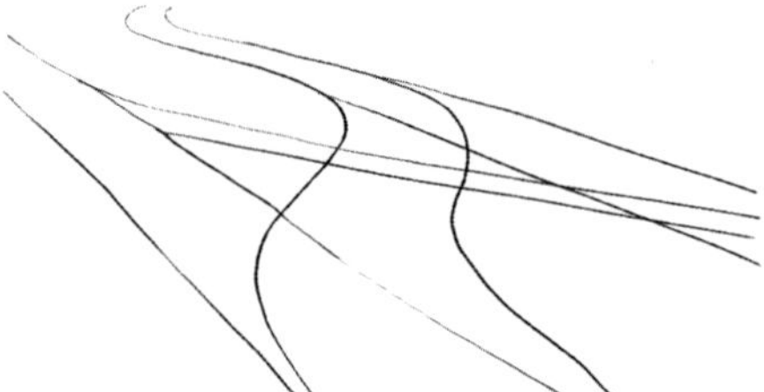

曾經有過曾經

釋懷有機會
你很清楚自己的能耐
但要是拖得再久
恐怕
沒有以後了

曾經寫下要幸福的願望
曾經好好愛過一個人
曾經祝福過別人
曾經淚眼地送去一個人
曾經裝作自己不在乎
曾經笑著看卡通
曾經比劃自己未來的夢想

曾經說好要越長越強壯
曾經做過好美的夢
而今
惶恐

離群索居的生活過得多了
腦袋會病變
會以爲這個世界開始變得柔軟而明亮了
實際上並沒有
實際上
都是想像

曾經有過曾經……

痊癒是明天的事

痊癒是明天的事
目前就可以先置之不理
像一隻擱淺鯨魚最後的呼喊
隨便綁一綁
丟回海洋

那些極其凌亂的此刻
我該怎麼將它們一一歸位
使它們安得其所　使它們昏沉睡去
不再掀起騷動
不再使我腦袋
反覆焦灼
燙傷

我不是一定要讓自己墜入深淵
不是　一定要在半夜才將自己的五臟六腑拿出來
不是　一定要什麼都不管地深深責備自己
只是　忍不住了
我都
認不出我了

無所謂勸告
我先
哭一哭

在天明

與夜黑時，記得我

記得我，請你記得我，我的傷口越發鮮明，
如果你愛我，就不會忘記我。

這樣的我或許你來不及懂

點一支最濃的菸　煙霧　延誤
讓這一切　輾轉再來
親愛的　別要我停下來
這一切　這一切　這一切
都是一種自我的伸展
伸展……

鼻腔內充滿海水的時刻　已少
現在你眼前的我　已非彼時
我們嘗試錯失　嘗試謬誤　嘗試推翻一切重來
笑開來在這樣的白天　的夜晚
瘋癲得沒有一個人抓得住我們

即便告訴自己最近的捷徑
也是　於事無補

該死的善良與天明　我們最討厭
清醒的人了

自在　自然　自由地返轉
一而再再而三地踩踏我的底線
記得我的傷口　記得我的迷惘
記得我的最愛　記得我的寵物狗
記得我的黑暗　記得我的暴力與暴烈
記得我午後的交談　記得我白日的交纏
記得我點起的燈　記得我刻意隱瞞的真相
記得我　記得我
要你　記得我

毫無關聯地會開始有關聯
慣例會顯得無關痛癢　悲慟都很微弱
如光線　如不足　如暗房
曾經　我告訴你
要記得我

本詩發想自李友廷的歌曲〈記得我〉。

真摯的委託

有時候　我們只是做了點錯事
醒來　雙眼就開始迷濛
世界開始推遠　開始顯得無能爲力
我們　不知道自己爲何
受到懲罰

這樣的我　或許本來就不值得
這樣的我　或許本來就討人厭
恨　怨恨　直至成爲一條河
一條深淺不一的河　映照深淺不一的夕陽
兀自在這條路上打轉　而紛擾
當一切都已經沒關係
收下我　眞摯的委託

我不是一定要你　記得我
只是記得我　會更好　你就會開始懷念我了
節拍好重　我們什麼時候才要揭牌
掌中的底牌蠢蠢欲動　在最可怖的時刻
眼底都有鬼魂在遊蕩　我們什麼時候才要解脫
我幾乎等不及了

昏睡　在這樣的天色
看著自己的身軀變得好淺　於是說出口了
於是狠狠地請託了　傾吐了
用最齷齪神聖的字眼　寫在蹣跚鮮血的彼此面孔
是了　沒有錯了

當一切還沒開始
我們只不過做了點錯事　就受到懲罰
與整個世界　抗衡……

本詩發想自李友廷的歌曲〈記得我〉。

乾涸的唇

慢慢寫　痛著寫
悄悄唱　痛著唱
直至一切組成最深的慾望　仰首
要放棄了　要笑了　要嚎啕大哭了　要固執己見了
眞的要瘋了　眞的要逃走了　眞的　眞的
眞的快要看見天亮的景色了

是什麼緣故　使我們的唇口死皮不斷拉伸
是什麼緣故　使你蘊藏悲傷　使你的歌聲不止
不能切斷　不會流血　不可以竊笑
即使是夜曲已經高唱　黎明快要到來
這樣張狂　離開前的表情　離開前的行李
還是未能妥善　整理

也許我們就是在找一個藉口
讓自己好過　才得以渡過漫漫人生
去忽視千瘡百孔　卻仍連成星系
卻仍在宇宙中找一個存在
甘甜無法滋潤彼此的乾涸　受夠了什麼
才會生長出這樣魔鬼的果實
才會引致夏娃偷吃　才會引致亞當偷吃
才會讓人類失去了伊甸園

好了　可以了　無所謂釋懷　只是
時間到了
可以　重新再把溫柔撿拾
可以　穿起一身的華服
然後把整生的愛　不要都給一個人
可以　分送給身邊最愛的人

並要求他們　不可以
忘記

本詩發想自李友廷的歌曲〈記得我〉。

71

乾涸的唇

月蝕、水逆、流星雨季

當星系變幻，我看見不一樣的你，
銀河光芒終會帶我，找到你。

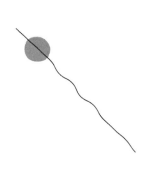

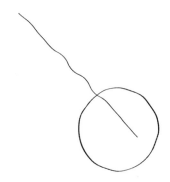

遇見你的星球週期

同時　逆行
同時在一條軌道爭奪你我
週期　好慢
週期止不住彼此的一點超速

有一顆恆星　自焚
直到形成一種黑洞的孤寂
經歷許久成爲一種使人神往的所在
水星剛睡醒　紋理還不清
膚觸仍就只是出生時的羊水
還沒有人可以摸索
還沒有人可以
掉眼淚

飛行器低沉墜毀　入海
自大的妄想　始終只是妄想
飄浮探索
翻轉一些愛
最初　初初　處處都是
一些星屑而已

宇宙凝結　時空止息
桔梗加速綻放
潮水反覆練習
這一刻
我遇見你

本詩發想自徐靖玟的歌曲〈我想飛進你的宇宙〉。

流星雨季

那些鐵鏽　花瓣　塵埃
生而爲人的罪孽不能被赦免
你就此放棄了　自由
你告訴我　那些字眼都太耀眼
我卻告訴你
我想陪你一起淋雨

如果可以　誰都想
拍動翅膀就離開這一個星系
學學小王子　學學聖修伯里
拉一群鴿子去遠行　墜毀時看見光
不要學玫瑰　不要學狐狸
說什麼夜空中因爲有你才美

讓人誤解
讓人當眞

命定的相擁　再予我
永恆地傾吐　那一場浪漫的流星雨
每一刻都想哭　每一刻都想逃
只是看見你

本詩發想自徐靖玟的歌曲〈我想飛進你的宇宙〉。

水星逆行的禍

你告訴我
這一切都是你的錯　這不是
水星逆行的禍
跪下來　懺悔　長長久久地
眼淚流成一條
牛奶銀河

出沒的舊傷　讓你刺痛
一吋一吋　都是自己的罪孽
情意深重　於是將它綁上死結
讓它如星消亡　讓它成為過去的光
讓它反覆穿梭　讓它活該責備你

餘波
才能盪漾

天眞無畏地　愛過你
收藏展列你所有的陰影輪廓
每一夜都要反覆觀察　都要珍愛
好像月的暗面　好像照不到太陽的那一面
好像我曾經擁有過的你
曾有過的
亮面

說你愛過我就值得
說你不能再承受
水星逆行的禍

本詩發想自徐靖玟的歌曲〈水星逆行〉。

忘我

跳舞前先放空，人生太難、
人生太過分，我們先忘我。

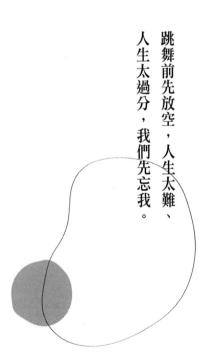

早安

早安　我說早安
並不只是說說而已　不是只是
打招呼而已　而是希望
你一直安好　不斷安好　反覆安好
不顧一切　不顧世界的黑暗
安好著

看你弄了一堆夢想
看你自討苦吃　看你擲地有聲
看你　與生命面對面坐著　坐著
就快睡著了　就快墜入細密的網
你是一個如此　可愛的人
迷人的人

可惜　你自己不自知

點播很久很久沒聽的歌
好像回到以前　好想回到以前
因爲此刻沒有未來呀　你笑著說
我只知道　如何愛你　如何疼惜你
如何　在長長人生問起一聲
早安

忘記密碼

看著詩變短
看著自己的皺紋變長
好生氣　好討厭　快招架不住
看著我的影子變長
看著你的模樣變成妖怪
好悲傷　好無措　快忘記密碼

太多了　想得太多了
才讓我流淚吧　才讓我望穿秋水
沒有王子　沒有公主　沒有人來到我臨水的窗前
問起一聲早安　說　你今日還好嗎
或說　你今生還好嗎
我只有你

所以才像小孩一樣一直哭
不讓你走遠

我幾乎忘卻了那種濃重的膽怯
拾起深厚的　習以爲常的模樣
因爲我知道　只有這樣的我
你會來救

輸入幾次錯誤後
你的心才會封鎖　不再
爲我開放

鬆綁

纏繞指尖的線段
快要鬆綁了　直或彎曲
死結或活結　都快沒那麼重要了
在離去時
反覆翻飛彼此的回憶

嘿　說好不怨懟了
說好　不再以那種面目　憎恨著了
我們哪一次沒有哭過　哪一次分離時
沒有相擁　沒有逃跑　沒有笑著流眼淚
這好難　好難
時光好慢　好慢
但我們終會走到盡頭　問說

這
就是盡頭嗎

靈魂相遇　我仍記得彼此多親暱
一開始笑得多張狂　木棉花開　抑是荼蘼花開
我們說好手牽手　然後一起摔倒
可是我們沒有呀　不是當初了
捨不得責怪
過分美好的約定

黯淡後有光
那些線段
曾經結成我們

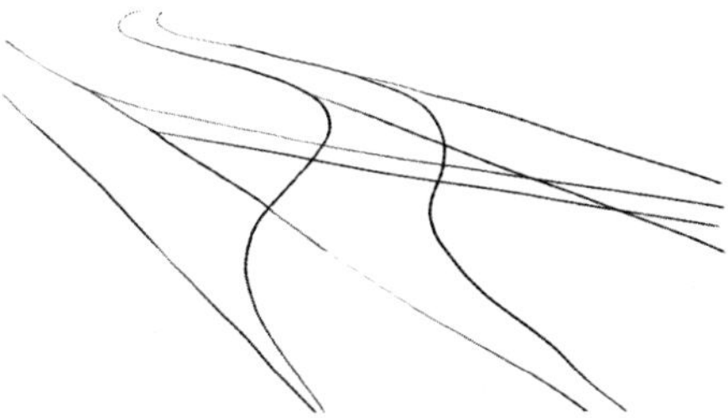

火光

日久　會生情
生出許多不必要的情愫
讓我們迷惘　在霧中摸索彼此的身體
親吻　擁抱
放開了

車廂內我們把彼此抓得牢牢地
不敢　讓風吹走了那些愛
ＫＴＶ歡唱　對於戀情的消弭一無所知
相視笑著　笑著
那時的我們天眞地好狂妄
食不知味

撲火　流螢與鬼火
四散的光明　不說的默契
而已

日久　會生情
日久　會疏離
即便我們曾經抓住一些什麼
仍抓不住一點　火光

先

先愛一個人
先忘一個人
先去理解他
先去珍惜他

即便我們不清楚　我們
可以走得多遠
可以看見多少
但一直走　不會錯的
會有光芒的

我們哭泣時　先繼續哭泣
我們迷惘時　先來去逃跑

我們痛恨時　先繼續痛恨
我們大吼大叫時　先把心聲都宣洩乾淨了
沒有魔法　沒有神蹟
沒有一絲一毫　上帝的顯靈
只有你呀
只有我

即便我們不清楚　我們
可以走得多遠
可以看見多少
但一直走　不會錯的
會有光芒的

你不在了

告訴我
你今天的心情如何　以指尖　以笑靨
就當成　你不曾難過
不曾離去

我知道　我做了很多錯事
不是每一件事情都讓你幸福
我的掌心多小　能夠握住多少的你
我沒有把握　我沒有勝算
這一次　不讓你離去

時光回溯到最初
你的面容　何時變得這麼衰老

爲何　那一雙眼都是汪洋
望著望著　就讓人想哭
我是你的
只是你的

抱著你　是呀
你是我的　最親愛的
只是有一天
沒有了
你不在了

告訴我
你今天的心情如何　以指尖　以笑靨
就當成　你不會難過
不會離去

無人詩

沒有任何人來訪，沒有任何人為我寫詩，
我的意識崩解、散落，無人詩。

朧浮國呀

我們生長在一片
不平坦的精神地理
偷竊無罪
而淚水有罰

你可以親吻任何一個在路上看見的人
用力地吸吮他她它牠的唇齒
挑起屬於彼此的調情
我們狂喜地起舞轉圜
使勁地駛進心理最深的黑洞
讓親愛的口水抹上雲彩
再降臨於小巧的臉頰

那是眞實啊
親愛的

你可以跳到夜晚的屋頂狂歡轉圜
瘋狂不是你的罪
自慰才是你的善
我們隨著冰箱的光飛翔在彼此的鼻息
我們非得愛到支離破碎
我們非得捱到四分五裂
沒有緣由地
愛的兩人三角
親愛的

你可以反覆鐫刻彼此最愛的人
找一個人好好地愛一愛
我們都是相似的產物

都有血有肉
爲什麼要被她他牠它看不起
我們自己都看不清夜色了
怎麼還會如此悲傷
爲這點小事
親愛的

我們生長在一片
不平坦的精神地理
偷竊無罪
而淚水有罰

恐水症

遙遠的礁石轟隆作響，有節奏地傳達著能量，水波隱喻著一種神祕的啟示。在墨藍海底，無光的時刻，男孩快不能呼吸，幾乎窒息。水流開始灌入他的鼻腔、喉道。

「我會死嗎？」

氣泡流轉向上，水流不會停下，這一切帶他回到最初。

＊＊＊

「我說了多少次，不要用那種眼神看我。」

「你是被丟掉的小狗小貓嗎？陳明旭，不要隨便接受別人的好意。」

少婦一邊訓斥男孩，一邊推著車採買，說：「跟上。」

「媽媽，我可以跟妳說件事嗎？」

「什麼事？」

「我可以，不要去下午的游泳課嗎？」男孩膽怯地說。

「爲什麼？你爸學費都繳了。」

「我會怕。」

「怕什麼？」

「怕水。」

少婦頭向後仰了一下，喃喃自語道：「早跟他說了，我們兒子怕水。」

「恐水症又犯了，是嗎？」

熙來攘往的收銀櫃檯嘈雜著，聲響淹沒了男孩的回覆，只有聽見，叮咚，收銀機的聲響。

***

「醫生，你不是說這孩子恐水的狀況好多了嗎？」

「太太，這主要是在於孩子他心因上的問題。」醫生推了一下鏡框。

「你是說我的小孩有病嗎？」

「不是、不是的，是指好得沒這麼快，還要觀察，主要還是得看家中環境、學校同儕。」醫生慌亂地喝了口水，說：「不如，轉介精神科吧。」

***

「你爸知道的話又要生氣了，這一次花不少錢，爲了你的病。」

「對不起。」

「對不起有用嗎笨蛋？」少婦看了一眼男孩，霎時轉爲愧疚與關切，說：「藥好好吃，知道嗎？」

「我知道了。」

「等你爸回來，我再跟他說游泳課的事吧。」

少婦轉身看了下流理檯上剛洗好的蔬果，微微笑對男孩說：「你知道今天你負責什麼，對嗎？」

「記得，是肉絲炒蛋。」

「那媽媽切肉，你幫我打蛋，來。」

黃昏下兩個身影細長地映在清冷的地毯上，還未響起的門鈴依然冷落地靜默著。整個家庭紛亂著，只有廚房傳來食物的氣味與歡笑。

***

「我們都要離婚了，自己的小孩自己顧。」

「你他媽什麼意思，你有病嗎？」

「我是說，我自己的公司也忙，沒辦法時時照顧小旭。」

「那你就能不管嗎？他生病的事還沒解決。」

「恐水症算得上什麼大不了的事嗎？過沒幾天，他自己會好的。」

「游泳課那邊怎麼辦？」

「教練是我認識的人，我跟他拜託晚點繳費。」

「不是那問題，小旭還去嗎？」

男孩輕輕靠在牆邊的木條上，一雙圓潤眼睛在黑暗裡注視著少婦與男人。

「我當初就跟你說不要報名，你偏要。」

「妳懂什麼，這是書上寫的，要給孩子一些衝擊去克服，他才會成長。」

「荒唐。」少婦看著眼前的男人撇過眼，說：「隨便，反正我不會送孩子去游泳的。」

「這是妳自己的孩子，如此不為他好的嗎？」

「我不為他好？當初是誰不要小旭的？」

男孩感覺自己沉入海底。

「那是因為我們當初都沒有經濟基礎，生不了。」

「現在有了，你不要我們了。」少婦哽咽說道。

「妳不要把什麼事情都攬在一起，林美琪。」

男孩感覺自己無法呼吸，幾乎窒息。

「我們簽字吧。」

「好。」

男孩彷彿不能再言語般，口腔被灌入了海水。

***

那一夜，少婦與男人背對背睡著，同床異夢的那一床擁抱像是海洋般，那海流成爲緊緊的、時而冰冷的束縛。

***

男孩選了一個晴朗的夜晚，海水異常溫暖。

「是否在告訴我，我的恐水症快好了？」

一步步走入海裡，那些青綠的海藻纏繞著他的腳踝，在腳上留下礁石勒痕。

「好溫暖……。」

***

有個晨早，不如以往晴朗，反而寒冷。在淚水累積成海洋的那一刻，男孩深呼吸，吸足了整個夜晚無法補充的氧氣。來回翻找的搜救隊在海洋邊緣不斷呼喚，但男孩知道，他的恐水症已經好了。

定情曲

漂浮在琴鍵邊緣
親吻窗櫺下的毒而共赴黃泉
昏暗的記憶
不曾看過那樣親密而黏膩的情感
蓬勃生長

如果這是最後一句晚安
如果低沉嗓音就該相約高亢笛聲
尾端憂傷
唯獨感傷
哪裡有傷
面孔逐漸斑駁而迷離
掉落在本該凋零的場域

定情的曲目不知名地繼續傳唱
熟悉的旋律依然嚮往
想望
只是淺水而已

贗品的痛感

一片空白的畫布上
伴著寂寂的水泥大廈
開始　訴說
有關心跳的故事

我是一則　關乎城市小孩的愛情故事

習慣性憤世嫉俗地關懷　這個世界
側寫著長久以來的欲求
無法抽離　無法抗拒任何　有關感官的刺激
不滿哪不滿
身爲贗品也有痛感
疼痛的感覺什麼時候會消滅

自從被他放下後
空蕩的內在
無從歸咎

貪求的快感使人迷戀　過多無益

懷疑的感受蓬勃生長
疑心病狂　換來的只有
愛情的可預期性
波濤的情感掀起巨浪
止息　將近止息
床笫之間耳語多親切
別傻傻地被他的幽默欺騙了
他不過以那種形式　包裝　再包裝
自身的缺陷
貪求的慾望

花費不過十日結束一段感情　忌日　一月二日

輓聯已高高掛上
這段短暫的　水泥叢林內的　親愛的
他的臉龐多迷人
死去的模樣多迷人
妳已經開始戀上新居
將來彼此孩子會給予你們　作為父母的
最好的禮物
到底　是誰　痛下　殺手
還我　還我　還我　還我
還我　內心最深最深最深⋯⋯
的渴望

明明我還愛著你　怎麼我越來越匱乏

瘋癲的席客淚眼著
短少的時刻後他已有了炙熱的新歡
跪在夕陽西下的殘缺裡
妳慚愧

勉強

一片片都是我的記憶在飄落
沒有人　告訴我　我該往哪去
只有夜色依舊很濃
如果你一直走得那樣快
伸出手卻是　空氣
我該用什麼姿態　懷念
滂沱雨水都濺濕了我的鞋襪
你爲何不爲所動
兀自地向前走
你說你還沒準備好
我也沒有要勉強你
但曾經　是否
你也眞的喜歡過我

只是
我錯過了

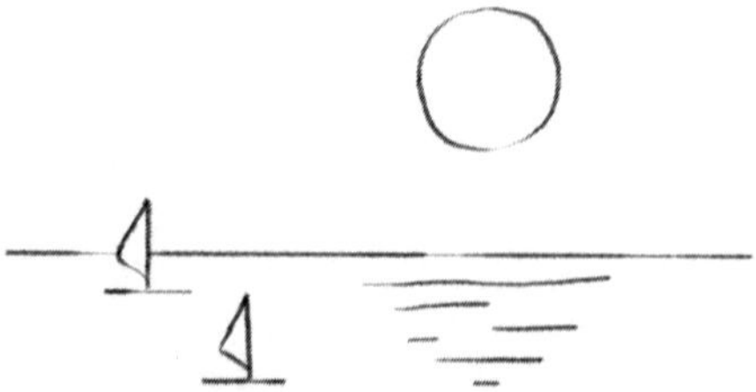

金平糖

他看著我，那麼小的身軀，那麼幼密的髮絲流瀉在他的臉頰上，就只是，看著我，捧著糖果。從那時我就想問問他，他到底是誰，怎麼會有這麼多的糖果，能不能，分我幾顆？

在一個明媚的下午，我的子女還沒來得及趕回屏東，我死了。我想他們會哭，會遺憾，但那個下午的陽光真的很舒服，我像一隻貓咪躺在藤編的搖椅上，沒有人知道，我的內心是多麼平穩安適。我希望他們也能好好享受這裡的陽光，恆久如春。在我過身前的一瞬，我想起很多過往的事，明明醫生已經悄悄告訴我的子女，我罹患了阿茲海默症，明明會忘記，但漸漸地我想起來了。華人不都有一句嗎？迴光，返照。我猜是我身上的這個平安符所導致的呢，青燈古佛旁，我日日夜夜都求之不得的安寧呀……終於呢，祂聽見了。

我想起來了，那個手上捧著糖果的孩子，久久才回來一次、一年不過才見面一次的，那個孩子，他是我的眾多曾孫當中的其中一個，和我一點都不親。但不知爲何，我很想念他，我也記起，失智的我與他爭奪糖果的場面。十呎不過的距離，他就站在那裡，我輕輕叫喚，請他過來，猶如逗弄一隻小貓咪；但我，只是很想吃他手上的糖果。我問他，糖果哪來的，他搖搖頭、支支吾吾，說不出話。我銳利的眼光落在了他的眉心，夕陽開始閃耀，化作金粉。我向他討了一小罐金平糖，留給了他巧克力足球和酸梅黑糖，看著他走遠，我將糖果放入嘴中，一個人慢慢品嘗起來。

在這一刻，我有些懷疑自己那天的行爲，覺得自己很幼稚，但畢竟事情都過了。他很多年之後，會從他的奶奶、我的女兒口中聽見，原來我是個失智老人，難怪我總一個人坐在躺椅上，睜著一雙摺子頗多的眼，靜默地、死寂地。不曉得，他還會不會原諒他的外曾祖母，曾經那麼幼稚，搶了他的糖果。

狂戀曲

好久不見陌生的愛人
圍著燭光談心的片刻已短少
隔著手機螢幕　跳動的訊息
破碎的　婆娑著
你　還好嗎

彼此　逐漸漲紅的臉頰
觸動與觸電　欲發相似
靈魂它　在騷動
關乎愛情
我們一樣的信仰
留存在一樣的身軀
相異嗎　不都是同信戀

櫃子如城牆
難過的
愛

群星在整個場域閃爍
極光在微笑
多麼深刻　卻都
只留在夢裡
電話線纏繞著緣分
輕易地　可期地
鬆綁了對彼此的狂熱
夜　空蕩蕩
成全了眼光
卻使眼中的水珠
餘波蕩漾

吸吮唾液
不明所以的愛恨啊
撫摸我呀　如同
愛一般的
狂戀曲

單人舞

順著自己的悲傷向上流
還以爲
是鮭魚　要返鄉了
沿著風吹的方向緩緩蒸發
無關懲罰
只是時間到了
而已

那樣的間隙裡
怎麼會擁有整個宇宙
不解地去探詢
無意識地抓握
一團棉花

在自己的房間旋轉起舞
承認自己的無能爲力
踮起腳尖
反覆微笑　然後沉默
那些愛情的劇本
與驚悚小說的紋理
如同指揮家
去追究　一些
我們也許本就知曉的
心跳止息的浪潮
哪裡　那裡
誰愛誰

交響樂般的夢境輕柔地　蔓延
將我　不成形的靈魂

裝入你仍舊美麗的玻璃瓶內
對稱不夠完美
明明
就快
翩翩共舞

我正為了自己哭泣

我正哭泣　正哭泣
爲了自己
在流血
誰都　誰都別來管

無限下沉的破船在發光
空洞而虛妄的面孔　依舊很清晰
我帶著我內心的渴求
來到最高的山上
尋找　一點點
容身之處

穿上最華麗的　你的衣裳
唱出內心的謳歌　光華般地冉冉上升
猶如　明日晨光的月彎　而我的
袍子就垂在泥塵地上　看著
自己　忽就陌生
不知曉　從來
就只有自己
最懂　最懂得
自己

罪惡是可以消除的
不安卻無從安所
陳展開來　你的不堪
我不需要　我並不需要
你的　微小愛情
面對著土泥鑄成的神祇

叩首　再次叩首
你才會眞正清白
相信我

三月裡，我昏睡著

記憶裡
是誰在哭喊
我並不感到悲傷
直到　很久很久以後
知道　沒有很久很久
以後

迴廊裡的那些彎彎繞繞
曲折的　拋物線
在三月初開始發酵
比電腦存檔更容易遺忘的　我呀
我猜　我好了
但我　笑不出來

聽說我將會懂得一些什麼
是我現在尚且還不懂的
是什麼　那麼
令人暈眩

拉一條棉被
沒有陽光的午後
開始昏睡

分歧

思緒隨著流水漂流到極遠處
欲泣的潮濕天氣
喜愛的事物逐漸光亮　然後黯淡
我的傷口
流出深厚的血膿

眼神瞇成了一彎月
在親愛的他的臉上
暫且可以不思考任何事物的時刻正短少
這時
只要一盞風拂就能惹哭我
我如剝落皮膚而異常敏感的面目

全非著
刺痛著

我的臉色是否蒼白而困窘
唯一的選擇在夜色面前顯得裹足不前
我是自我的分歧
在這樣的十二月
擦身而過

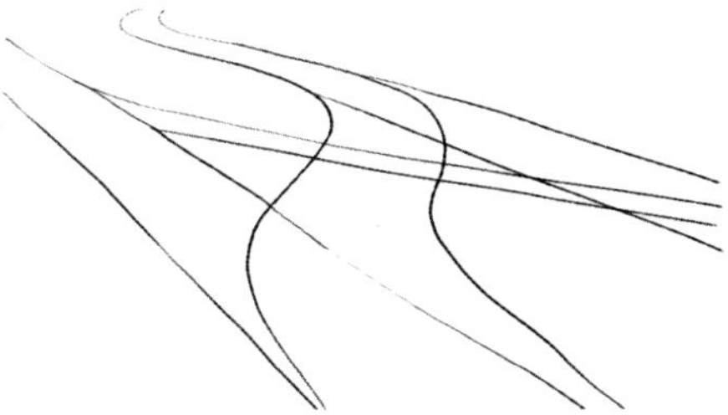

相愛的方法

舔舐我的憂鬱皮毛
完善我這些日子的憶想
你不懂嗎親愛的
這是我們相愛的方法

將頭埋入　咀嚼我的情感
衡量每句詞彙的重量是否類似
你愛的我　我愛的你
那些日子容易定義
但愛卻不能定讞

滿身大汗淋漓著我的窗前
一根菸在城市口裊裊

吻上整天整月求之不得的
想望
你靠近我以口中的線
我們會以什麼姿態在愛情觀念裡存活下來
我們會以什麼方式吻上隔日的清晨
我們會以什麼理由在兩年兩月兩天後
還保證相愛呢

哪一刻永恆
當路過彼此的臉龐
當已經歷暗處
當過分深刻
我們是否還笑談著　相愛的
方法

大冬

你那邊的天氣好嗎
是否大雪紛飛著　如初見
一盞燈下昏黃地淚眼朦朧
你還記得嗎

你有新的愛人了嗎
是否如我們炙熱　口中霧氣
體溫揮發在寒涼的晨早
你還記得嗎

並不深刻明白我們訣別的原因
要是給你打通電話你肯定
會再解釋一遍

但我要的從不是這些
雪花入眼後
我始之傷感

那些情節來回拉扯
我的紅襯衫　你淡淡的古龍水味道
你刮剩的鬍渣　我暈開的口紅
散亂髮絲

衣服鬆開鈕扣
大冬時光有了縫隙
相愛如此炙熱
相愛在蒸發

你那邊一切都好嗎
你最愛的我依然不懂得照顧自己
只因爲明白了一些

不該明白的

你過得好嗎

憂鬱已經是自己的事了

凌亂的空間
尚未安枕的夢
滿地的　迷惘
霧中沒有一朵花

集滿了一千零一次的　無用的嘗試
與無限次數的衰敗
逃避　厭倦了只會逃避的自己
一片黑暗中站起
也是一樣的景色
我快不能呼吸
都是
淚水的後遺症

如果你不在我生命中
我不知道會有多愉悅
也並不知道
有多　無趣
委屈是一件很長的事情
我們看著　看著
就已經　疲於奔命
我希望
你　能比我好

憂鬱已經是自己的事了
你就無需再多費心
倘若你眞的放心不下
連我那一份
一起快樂

來回踱步
在昏暗的下午
如此渾沌
於是　寫下了

一個人

我是一個人，只有一個人，沒有一個人。

一艘船

我是一艘船
一艘　擺盪不安的船
無法　保持沉默　鬆懈間
又逐漸警醒

你拉起防護線
一條細膩的　傷痛
暗示我遠方的寂寞與難耐
但這艘小船已經離開岸邊很久
無法　再次停靠

我是一艘船　只是
一艘船

隸屬時空之下
沒有人可以真正將我擁抱
沒有人可以把我緊緊攢在手心
只能適應我　只能厚愛我
只能以最溫柔的方式
陪伴我

這樣聽懂了嗎
是否　足夠清晰
以至於傳來回聲　讓你
不想下船
不想轉乘

不要緬懷我
不要觸碰我
我已經面目全非

我只是
一艘船

一張臉

腦中日光好充沛
樹影隨著　我的眼
斑駁　成形　一張睜不開的
你的臉

我知道
你已經離開我很久　很久
我已經能輕易提起　提起
你已經不再怨恨　怨恨
我已經學會忍耐　忍耐
這種
綿長欲泣的空虛

不曉得
你是否也同樣蹉跎不前
同樣反覆的折磨
習慣了　於是不會痛了
早就結痂了
早就離開了

我的眼　刺痛
你的臉　輕巧
好像昨日般　重演
一切回溯　一切都在
告訴我
你還在

眼睛別睜開
風景正變幻

日光　樹影　斑駁　成形
我不要
那一張臉

一幅畫

我說得夠多了
我學著調整自己
學著　沿著你的手掌臨摹
學著　順著你的悲喜低語
卻始終
畫不出來

你好　你其實不好
打稿　描邊　擦去筆跡
我好　我其實不好
塡色　疊加　加以細節
當你爲人生感到困頓
爲我刻意的閃躲　感到見外

那是因爲
我失去了
畫你的能力

我不是好人
但我看過最好的你
刷牙　洗臉　擦去鏡面塵垢
輕敲　微笑　你問我
要不要在一起
你就這樣
畫出了　我的人生

可不可以先別挪動
可不可以先別眨眼
可不可以先別愛上他
你這樣

我不知道
該怎麼辦了
牆上一幅畫
美麗的
曾經是你

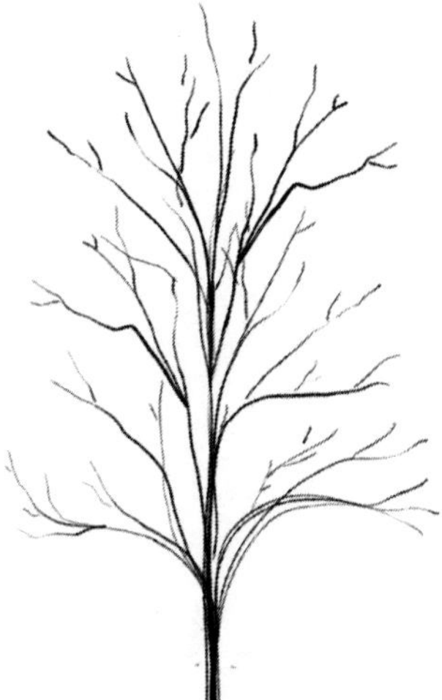

一幅畫

單船急救指南

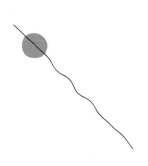

暈船前先服藥，祝你一帆風順、感情順遂。

（若已經暈船該怎麼辦？我不知道……。）

貪念之海

我該潛入最深的海
去看魚群與憂愁　如何悠遊
在我觸不可及的世界裡　沒有一個人
只有一個人

貪念很蓬勃　我是活該
我是悽慘　卻仍咎由自取
貪一些愛　不可得
我不知道　眞的不知道　做錯了什麼
我　是我隱瞞了一些什麼　隱瞞了一些傷痕
這不是我的陰謀　這不是我的
我還是愛著你

在哭之前　先看著自己的倒影
先看著那些卑微易碎的夢境
好像每哭嚎一次　就會泛起洪水
就會沖垮堤防　就會傷透人心　就會不知所措
反覆間恍惚　迷惘　腦中有霧
眩暈　於是將心投擲給一個錯誤的你
給一個你
給你

我裝作自己沒有哭　沒有抱著你的殘骸
沒有在這片海洋獨自划著　翻越
我一定會找到　我這樣告訴自己
但在找到之前
我不知道該怎麼辦

在好感還沒變質前扼殺我

捨不得
再怎麼樣　都不能讓你染上污垢
不能讓你因爲我哭泣　因爲疼惜你
所以不給你看　我寫的詩
我修補未全的玻璃心
不見我
你不會捨不得

哭到乾　哭到　淚水流入嘴
我不知道該如何定義　該如何評斷這些時日
略過你的動態　不確定這樣的情愫　是好是壞
傷害我　以你最有誠意的方式
好簡單　那些詞句已經在你腦海盤旋

你已經知道　我會有多痛
你只告訴我
加油

在好感還沒變質前
所有的一切還未變壞時
親手
扼殺一些事物
我會好得快一些

我深諳你不是壞人
不是我能輕易擁有的人
我不明白　我不清楚　任何有關你
的資訊　究竟模糊還是清晰
只是感到疼痛

你連分開都好溫柔

你連分開　都那麼溫柔
帶著擁抱與笑意　帶著我的心
一起飛向某一片天空　我卻未能知曉
你去哪了　我該
如何到達

臥在沙發　你躺在我的腿上
躺在我的肩上　墜入情網　你是這樣擄獲我
我不能　眞的不能　安然地享受
若我知道　接下來就是分開　就是訣別
我不能若無其事　我會哭
你就會不知所措
你會離去

愜意　舒適　猶如初見
但我們現在的對話與編排
都走調　像一臺陳舊老鋼琴
我不會彈　卻很貪　好像一條蛇　緊緊抓住你
不讓你走

夢見你　不如不夢見你
一切　好像醒了　在空蕩蕩的房間
沒有任何擁抱能再次發生　也沒有親吻
能再次蓬勃而刺眼地照耀在床鋪間
我還是需要你
即便爲你寫了長長短短的散文詩
仍是孤獨

理性的人

你是理性的人　經常受苦
得要常常教導感性的笨蛋
一些　本來就該知道的事情
一些　不可以說出口的事情
例如愛　例如魔法　例如暈船
即便如此
溝通無效

成人的世界裡
親吻　擁抱　牽手　並不是全部
理性的你這樣告訴我　誠懇的眼神
然而　心的躍動　手指顛覆
我以爲我找到了寶藏

所以仔細在床鋪　被榻　收集你的氣味
這並不可恥
因爲我是感性的笨蛋

我會一直惦記你的提醒
這不是我第一次受傷了
儘管我已經傷痕累累
我仍希望你快樂　仍希望你找到
更喜歡的人

願他跟你一般　理性
不是感性的笨蛋

你是理性的人　經常受苦
得要常常教導感性的笨蛋
一些　本來就該知道的事情

一些　不可以說出口的事情
例如愛　例如魔法　例如暈船
即便如此
溝通無效

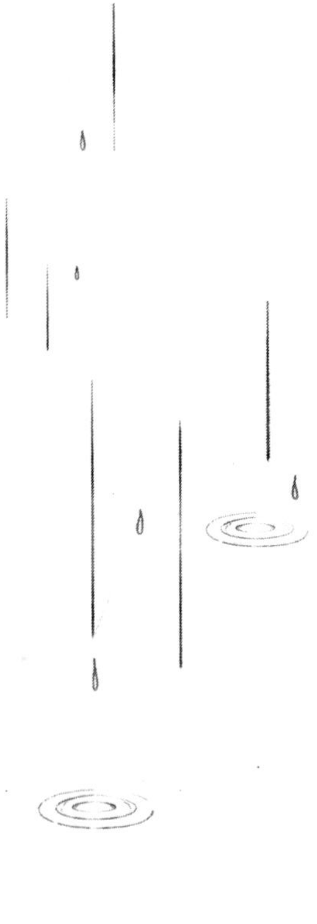

我討厭我自己

我討厭自己
已經不是新鮮事
只是沒想到　遇見了純白的你
讓我發現自己的黑洞有多深
將一切吞噬　再也出不來
還是
討厭我自己

我不值得再被愛了
我已經髒掉了　失去你的光芒
我什麼也不是了
我知道你說　我年紀還小
我該找個與我一起成長的伴侶

但心裡話　是不是
不那麼喜歡我了

我不曾怨恨　不曾痛惡
卻也無法看開　時間的浪好痛
波濤就這樣覆住我的口鼻　使我昏迷
才過了幾天　一切好像鬧劇
都是我
都是我的錯

曾經你克制不住自己
只願意吻我頸部　恣意聞取我的氣味
而今　你已不願意再見到我了
討厭我自己
不是沒有原因的

過好自己的生活

你拒絕了我
我們之間的關係並不深刻
儘管　我曾經急欲深化
下落卻不明

而今這些關係變得短短的
破碎的　曾經發光的都已經黯淡
我哭著　吶喊著　隨著傷情歌感受不見底的痛
我知道有些事情在發酵
有些事情在重蹈覆轍
我哭著告訴你
我還沒有做好失去你的準備
就幾句話　就幾句空洞而冠冕堂皇的話

你就已經收拾好了
告訴我
過自己的生活

你可以這樣傷害我
你可以假裝我並不懂得愛你
你可以告訴自己只是暈船
我眞的不明白你的邏輯
但我
捨不得放手

還沒想好你的綽號
還沒與你親近　你說最好別放太多感情
還沒好好陪伴你　你說趁現在還不太痛
再也沒有機會與你吃早餐　牽手　擁吻
我們是如此驕傲

曾經熾熱的心　冷卻了
你學會對我感到厭惡與生氣
而終究知道了一些
我不想知道的

你會不會想念我　我問你
你只說　過好自己的生活

Wonderland

曾經，我們以為自己來到了夢幻島，結果是惡夢的開始……。

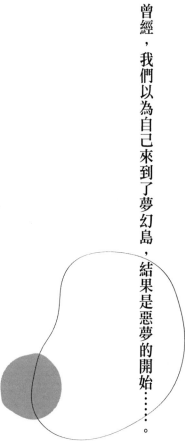

學會討厭一些原本不該討厭的

我

學會討厭你溫熱的問候
學會討厭吃一家叫做麥町的早餐店
學會討厭走在有陽光的街道上
學會討厭滿是水花的大雨路口
學會討厭親吻　擁抱　與牽手
學會討厭你
學會討厭我

我對於愛　歸屬　信仰　充滿疑惑
兩面　我恨絕了　我愛死了
我不再能夠簡單直接地說出那些堂而皇之的話
當那些光亮反覆刺痛而對於我的傷口於事無補

能夠聯想你的眼神　我的眼神
兩端就好像天秤　不斷搖晃　不斷疼痛
我不想再進入地獄
但這也不是天堂

你知道的
我不管什麼時候都惦念你
好想聽你的聲音　當你還急欲見到我
我一頭熱　我不明理　我不世故
該死
都什麼時候了我還這樣思湎你
我的罪過

那是一場錯誤　相識錯　相愛錯　傷痕錯
我錯　我想你也有錯　只是你高尚了些
以理性包裹感性　你說你喜歡我

只是不到追求
簡單幾句話
卻足以讓我思索整夜
並流下淚

我
學會討厭你冷眼的問候
學會討厭吃鬆軟易碎的司康甜點
學會討厭在還沒熟識前就輕易說愛
學會討厭在還沒受傷前就決定人選
學會討厭親吻　擁抱　與牽手
學會討厭你
學會討厭我

你是我的救世主

我的世界不是因爲你才崩塌
不是因爲你才成爲一片廢墟
可是你說那些話的時候
我的星星　確實有幾顆
熄滅了

我不是第一次遇見你了
在意你　不是我第一次　恨你　愛你　也是
我已經不是第一次討厭你了
我的模樣變得好淺　你的模樣　也是
我只能一直告訴自己　不能睡著
不能在這一片荒涼寒冷的雪漠中安然睡去
然而　你來了

以救世主的姿態

我愛你　不知道多愛你
也許更是恐懼自己　內心的黑洞
會把你吞噬

我們會想起這一段好笨好笨的回憶
然後在各自的伴侶身邊　不小心　笑出來
因爲實在太荒唐　卽便仍有些悲傷的成分
但不妨礙你走向更遠
我卻始終記得
曾經　你是我的救世主
我哭著抱著你　笑著吻你
因爲我的生命兵荒馬亂　容不下一點美好事物
任何一點
都讓我備感驚惶

我的世界不是因爲你才崩塌
不是因爲你才成爲一片廢墟
可是你說那些話的時候
我的星星　確實有幾顆
熄滅了

我好抱歉

我不夠好
抱歉　我不夠好
我習慣將你的模樣鐫刻
習慣將自己反覆擦得淺淺的
說到底
我好抱歉

我理解你　我理解我
從某一天開始　我的詩會脫離你
我不再編排華美泫目的文字
我不再珍惜　不再妥善保存
因爲看過最美的版本
讓我自己

變成贗品

忐忑　不安　惶恐　驚訝
我們在幾個小情緒間跳轉
我們如何瘋癲　舞動　揮灑　就好像再沒有此生
可是　我卻讓這一切靜止
我卻讓這一切變得氤氳起霧
我卻讓這一切不再繽紛了
你毫無保留　毫無遺憾
留我
留我一個人

混亂　恐懼　使我不夠理智
再來一次　推翻一切
我都會選擇愛你
抱歉

我的詩承載不了那樣厚重的意念

我的詩承載不了那樣厚重的意念
所以　它哭泣　它發怒　它在霎時成爲魔鬼
它哭著對我說　爲什麼是它
爲什麼我是一個憂鬱的人
爲什麼生出不知喜悅的它
我最親愛　最親愛
無以奉告

對不起　眞的　我曾經看過你婆娑生光
曾經放你在手心呵護　曾經當成別無他人
曾經擁有未來　曾經擁有光明　曾經擁有勇氣
而今我們什麼都沒有了　我們什麼都沒了
我不知道該怎麼做　陪伴我吧

我的詩　我最乖巧的詩
陪著你的父親
陪著我

就當成　我們彼此需要
這當然也是事實
只是不願意你受到傷害
不願意你就此黯淡
怕你
染上我的惡習

我的詩承載不了那樣厚重的意念
所以　它哭泣　它發怒　它在霎時成爲魔鬼
它哭著對我說　爲什麼是它
爲什麼我是一個憂鬱的人
爲什麼生出不知喜悅的它

我最親愛　最親愛
無以奉告

我的詩承載不了那樣厚重的意念

我的喪禮上

要放這些歌

有些歌曲，讓我哭得太大聲，
眼淚流乾了，索性帶到棺材裡，繼續哭。

愚蠢的決心

晨起，指甲縫間全是污垢，軟軟的、黑黑的。讓我想起這些日子的荒唐與驚惶，就好像這些髒亂，我的髮絲、我的面孔、我的牙齒。「我並不知道，我已經給了我的早上……。」耳畔旁，夏宇就這樣仔仔細細、傷感地說。我也並不知道我已經給了我的晨昏，那些細碎而不可得的，不會發光了吧。

要下定決心去做一件愚蠢的事情，很難。

我是瘋癲的，就像〈Ophelia〉的歌詞，隨意地在他人手上放冰塊，放一塊尚未融化的冰塊，說那是一群美麗海浪，說那些瘋了的話。我並非熱血，卻也不冷漠，我只有一腔疏狂，我不知道這樣的我，是好是壞，到底可以支撐自己走多遠。我的志願，任人作賤，我看著它破損、一蹶不振，我哭得就好像黎明前的光亮，我哭得就好像剛被母親誕下時，無法克制。我看見很多年輕有爲的少年、少女，我能推想他們往後身上得背負多少頭銜，我能得知他們臉上的笑意。我好想要，我內心有一股怨懟與悲傷，欲泣、泫目。

李格弟對魏如萱耳語：「他是瘋的在星期一，可是星期五，他完全清醒。」

人都有一些小癖好，不過，我要的是恆久不變的瘋。我要自顧自地沉浸，我要義無反顧地決絕，我要就此淪陷，因爲我沒有了遠方，我只有每天晨醒的窗簾，那些花色，早已熟悉而厭倦。沒有人要我成爲誰，都是我自己，都是我對自己疏於管理與訓練，使得歡顏在一瞬間消失。我大吼大叫，卻在螢幕前極爲平靜地書寫、梳理，沒有人知道我將遇見多大的風雪，而又會受盡多少苦楚。這是我活該了。

李格弟寫得愉快了，便說：「那不會是一個答案，那是一條河日夜的呼喚。」

那眞的不是一個答案，我做了這件事情，不是我的答案，不是我的報復。如果你夠愛我，你會發現這是一次呼喚，一次親暱的呼喚。如果有幸可以被某個人厚愛、解析，我龐大的情感與紋理，請務必以這輩子無窮的愛，整理我。不要學那些路人甲與路人乙，總是滿懷惡意與距離，我會不知所措，我會哭泣。也許你並捨不得我哭泣呢，是不是？

本文提及魏如萱的歌曲〈Ophelia〉、夏宇的詩作〈我不知道我已經給了我的早上〉。

最後一夜

昨夜，沿著車道行走，我知道有些什麼要發生。秦得參悄悄告訴我，他知道一些我不知道的事情，感覺得到一些事情我感覺不到的。某些人的眼睛是發著光的。就這樣，隨著路肩走，隨著這幾年失敗絕望的迷惘走，我知道了，我眞的知道了。

我做了一個夢，夢裡沒有你了，只有一群陌生的人，一群急欲闖入我家的人，堂而皇之地侵犯我的私隱。我趕緊將門窗鎖上，跑入幾個人也沒關係，至少其餘人無法侵門踏戶。我的父母不在，我的狗不在，他們都不在。我想，我做了一些錯事，於是我在夢裡深深地懺悔，但人群已經擠破玻璃，一瞬間，碎裂的清脆的好像鳥鳴，流血。我被抓走了，我被五花大綁地抓走了，我沒有怨恨，但我恐懼。這是一個悲傷的夢。

我父親前日看電影時，播放到一個片段，他說：「人要死的時候，自己會有感覺。」母親說她之前吐了，吐到最後一次，她說：「我知道自己不會再吐下去了，這是最後一次。」而昨夜，仰首看著幾顆尚且不明的星星，我也覺得這是最後一夜，是地球的最後一個夜晚。但卻沒有人告訴我，這種感覺是我父親說的那種，還是母親說的那種，還是都不是。後來我回到家睡了一覺，近日第一次的好眠，沒有過多的夢境，我醒來，還想睡，看著晨光，已經不是最後一夜，我不小心掠過了，最後一夜。

我曾經深信世界末日，那對我是一種美好的救贖，不是一種缺憾，人並不爲未來感到遺憾，更多的是過去。如果有世界末日，人們可是會歡欣鼓舞的，人們可以好好道別了。在最後一夜，我想起很多事情，我想到我未竟的課業與不孝的親情，我是墮落的天使，我無意，卻仍傷害了一些人，好一位該死的天使。我想起那樣貼近與厚重的時刻，不是從我死後才開始遺憾，而是很多人都在我還想要珍惜時，就離開我。深深淺淺、淡淡濃濃，我微微笑，或是不笑，哪一種都不會刺痛自己，因爲已經在痛了。

嘿，不要爲我哭泣，最痛的時刻還沒到，我們在天平兩端擺盪，我們眞的不是要做些什麼傷天害理的事情，不是嗎？

裘德他輕輕唱：「如果聲音藏著祕密，在至深處給你寫信。讓語言接近沉默，讓我接近最幽微的隱喻，散落一地。」

不管在覺悟前後，我都喜歡裘德唱的這一句。身爲一個愚蠢的筆耕者，平日就是不停寫，好整以暇地寫、坐立難安地寫，後仰大哭、大笑後，繼續寫。我總是語帶保留，卻也沒有任何人在至深處爲我寫信，語言從不是沉默。當我聽不見你的聲音時，我會流淚，我會詫異，我會緊緊抱著你。或許，人生就是一場最幽微的隱喻。

本文提及裘德的歌曲〈濃縮藍鯨〉、賴和的小說〈一桿「稱仔」〉。

謝謝你來悼念我

我是笨蛋，我眞的是笨蛋。也不知道爲什麼想到你，我就只剩下笨蛋兩個字了。那些黏膩話我都已經說過了，我都已經不想再重複一遍，免得傷情，免得濫情。

我能預料我的墳前，有多少人苦情地哭泣著，那些傷慟不是沒有來由，卻都爲時已晚。我就在天上看著，看著，就也跟著流眼淚。忽然，你的身影搖搖擺擺，飄飄然地來到靈前，捧著一束鮮花，沒有過多的言語，臉上哀戚。謝謝你，還願意來看我，你是白色，你永遠都是這樣無垢美好，如同阿肆所唱的〈日久〉。其實我是相信一見鍾情與命中註定的，我是一意孤行的，我是這樣的人。那是好久以前的我們了。

攤開來，將你們的名姓羅列，讓陽光不分彼此地曬一曬，當然這當中也包含你。我是個自私的人，對於喜歡的人總是不願意退讓，但同時，我也是個慷慨的人，爲了你，我什麼都願意給。傻呼呼的，但我從來沒有說我後悔了，我不問你是否值得，因爲愛就值得了。

我希望再遇見一個這麼好的你，我希望再次交換體溫與口水，卻不希望那個人像你嫌棄我。下輩子吧。我是好人，卻也是一個笨蛋，若有機會，下輩子還當個好笨蛋。當好人不內疚，當好人不自卑，可以完整承接整個世界的善意；當笨蛋好快樂，當笨蛋可以勇敢愛，我下一輩子也要勇敢去愛。我只是覺得人間太難得了，我沒有機會去實踐的事情通通落到別人的手裡了，我好不甘心，同時很悲傷，我不知道自己怎麼會萌生這種念頭，但發現時，就已經變成非做不可的事情了。我的念想好重，有些況味好深刻，我知道有些東西變得微弱了。我最親愛的你，愛人啊，你可懂得，你可曾感受過呢？一個笨蛋的喃喃自語。

說得再多，也無法進入你的心了，是你，是你切斷了曾經活絡的水頭。卻是我，是我仍不斷讓水源荒廢餘流。

請一位駐唱歌手來我的葬禮上，在黑白相間之中，以吉他唱一些民謠、唱一些民歌，那不是我的年代，我卻能備感安慰。我不用孝女白琴，不用她們哭嚎整街，我幾乎不願意相信任何淺薄的宗教，而只願意給予心力在確切眞實的信仰上。順著吉他聲，你聽見了嗎？你應該聽見了一些哀愁與歡愉了吧？是那些好寂寞、好孤獨的事物組成我的人生，卻仍充滿滋味。「也不至於悲觀，湊合並不難，反正也沒有更好的打算。」阿肆這樣唱道，對了，這就是我要的……。

最後，仍謝謝你，來悼念我。

本文提及阿肆的歌曲〈日久生情，與這波瀾不驚〉。

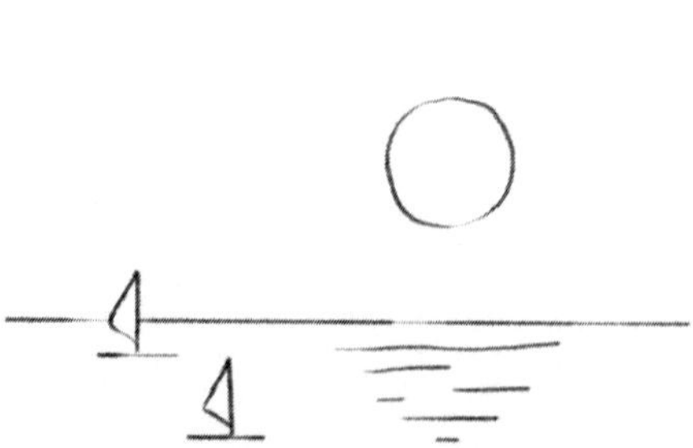

無垠的星海

「搖晃在無垠的星海，分不清是水或天上。」林宥嘉在〈船〉上緩緩撥動船槳，緩緩唱和。如果這篇扉頁是眞的，如果星海眞的這麼美，這一次可以積累多少勇氣呢？如果這眞的是我們最後的模樣，如果我沒有回頭，會不會失去任何事物呢？不會的，做了就不後悔，如果有機會，如果、如果……。

我的父母跟我一樣都是凡人，他們並不聰明，或智慧，只和我一樣，卡在這尷尬的世間。我們並不知道可以走得多遠，我父親只是說：「走一步，算一步。」母親只會哭，只會說：「不如死了算了。」我們不小心成爲家人，儘管這不是我們心願，儘管我們都爲此感到悲傷與內疚，卻沒有想過，或許相識就是錯誤了，或許出生就是不對的，有人在貪一些自己不該得到的緣分。我們很迷惘，不夠確定，不夠美好，卻在途中醒覺，問起他鄉客，我們身在何處。

「曾有過一個地方，蒲公英開落。」林宥嘉在〈船〉上這樣說起，我知道，我知道那個好地方。只是不在了。我偶然遇見短短長長的渴望，我的、我父親母親的、我姑姑與祖父母的，這些渴望都在起初發出耀眼的光芒，引領全家人大大小小的喜悅，卻在中途與末尾時長成了令人失望的模樣。碎掉了，都壞掉了。我一面撿拾著刺痛的碎片，一面透過反射，得知自己是如何地面目全非。這不是一次簡單的過渡期，這不是一次輕易的低潮期，誰也沒有按下暫停，我們只是該見證，我的衰亡。當然，還是該感謝你們在我身側承受我的情緒，還是該好好感恩戴德，不是每個人都能擁有默默付出的家人們，不是每個人都能溫飽與安居。都怪我，是我不夠知足，才會罹患了憂鬱症。就快要不痛不癢，每個人都這樣告訴我，說終究會看見光亮，可是我快等不到了。

再一點時間，一切都會解開的，一切都會有答案。謝謝你們，抱歉。

本文提及林宥嘉的歌曲〈船〉。

允許說謊的日子

我說謊了，明明說好不再寫黏膩無垢的傷情文字，卻仍書寫。設想，你讀到這篇的內心活動、你的世界、你的呢喃，將會以什麼姿態初綻在清晨。我也不是每天每時都有靈光，若是你喜歡，便將它們一併拿去。

我確實希望你是善於說謊的騙子，希望，你能夠一而再、再而三地將我哄騙，欺瞞我的好感。明知你是假的，我仍會給予你我的好感當作小費。

〈四月〉的喇叭聲搭配著日出的早晨，父親叩門，而母親跟隨，詢問我今天的規劃。不過只是一點憂鬱而已，想死，也不是那麼容易，即便打定主意。我投擲一些虛詞，朦朧睡意，因爲昨天晚上沒有成功墜入汪海，反而獲救。他們卻報以憂愁的神表，因爲看穿了我的自大與妄爲，因爲愛。昨夜房裡，母親說：「你最近貼的文字，我都不敢看。」或許你們可以從這些文字中，得知一些原本不知道的事情，例如我的手機密碼。但母親哭了，她問我，爲什麼要知道我的手機密碼。沒有爲什麼，這就是原因。「親愛的，我討厭你，從不對我說謊。」魏如萱哼唱，而裘德在側。說謊，是我對自己最後的寬容。

如果你也愛說謊就好了，我是個愛說謊的人，兩個人在一起一定很快樂。這幾天我感覺到一些微弱的光線，就好像自己卽將昏迷在哪一個街口，雖然我並沒有。我不覺得四月才適合說謊，我覺得每個月份都適合說謊，因爲人們需要愛，需要甜蜜與善意的謊言，才能維繫生存。我分不清楚，哪裡是歸途，哪裡是陌路，我只知道現在遇到了一個交叉口，遇到一個很重要，卻容易分離走散的路口。雖然我也曾說過一些勵志而無據的言語，但那卻不是謊言，那是眞的，我想，我一向太誠實。

「我喜歡與你談論疼痛，如何靠著些微的文字，在這沒有雨的泥巴地。」李睿哲牽著魏如萱和裘德，三人共舞，說出了輕飄飄的話。

我也喜歡與你談論那些不著邊際的事情，例如觀念、愛情、未來，人生好像有了這些才得以延續。或貪婪，或謙讓，我們小心翼翼地活，等待一個謊言被允許的日子，或是眞話不再刺痛的時刻。我們不是聖人，我們的生命從來不是冠冕堂皇的，我們從未凱旋，只是在深淵看見星星，於是感歎了，於是治癒了。可是我不會好了。

喜歡你，好喜歡你，無論是否對我說謊，我仍相信你的眞心，小心壓住鼻子，不要變長了。

本文提及魏如萱的歌曲〈四月是適合說謊的日子〉。

迷人的執著

「我是否還值得被愛一次呢?」艾怡良的聲音輕輕臥著、流淌著,然後便是一整條無邊海洋。我這個人,本來就是這樣的,本來就不完美,本來就不好。

虛擲一些我空泛的感情,看它們一點一點落入水底,漾起漣漪。我以手輕捧,我以臉輕撫,就好像這幾年並沒有不安於室,我仍是一個乖巧童稚的孩子。我打從心裡認爲,自己是不適合活著的,我覺得太多難關與苦慟,一絲風雨就會將我擊潰,就好像落入泥土,變成雨後的一灘沼澤。我不知道我爲什麼活下來了,我不知道爲什麼。

如果夢境眞實,如果我眞的有能力翻轉或結束一些事情,我要讓我的死亡成爲一個開端,讓那些看起來很痛的事情,都成爲一種告解、一種對生命的狂愛。我是很勢利的人,我意圖透過死亡來替我的作品鍍金,我並不曉得這是必須,還是其實,本身就是如此。然後,睡眠,讓睡眠脫去我的罪嫌,讓睡眠洗去我的孽障。每日動彈不得,每日以淚洗面,這就是我,卽便世界對我寬容也沒有用了,因爲我已經做出了一些不可逆的決定。思想流離。

「但我都不要了，不要再浪費了。」艾怡良就這樣歇斯底里地唱，不管、不顧聽者的悲傷，那樣厚重而不可得的。

突發意外，將我砸死、淹死、餓死、殺死、冷死……沒有一種在我生命中上演。我透過螢幕投遞著我那廣泛而不夠精確的傷痕，人群按讚，卻沒有一句問候，我們是這樣的關係，我們是有距離，人心是不可相信。我們手牽手去死好了，反正我們終究不愛這個世界，又爲何消耗光陰呢？「都有勇氣死了，怎麼會沒有勇氣活？」母親看著我，冷不防地拋出這句話。是，是了，所以活著很難，死也不簡單。我們，生不能決定，死也不能決定，這就是人生。

讓一些情感左右盤旋，成爲一種城市倒影，我們身在其中，我們彷彿風景。這從來不是最好的時候，也永遠沒有最好的時候，只有最壞的時代。去找，去找一些漸變色的寶石，鑲嵌在自己的指尖，好好炫耀。畢竟，人生苦短，再臭美也沒有多長時間。說到底，那些人不過是希望你，告訴他們：「我的執著，都是迷人的。」

本文提及艾怡良的歌曲〈我這個人〉。

愛我是一件不會發光的事情

「我想他們都不明白，我該有的樣子。」許鈞與白安低語盤旋，在一整片麥田上，沒有一位捕手。

我的脆弱好美麗，你的模樣好厭惡，我希望有一天我學會討厭你。聽一些輕快愉悅的歌曲，但是手指卻在搜尋一些世故而悲慘的新聞，我已經不再是那個簡單的男孩了，我已經變得模糊而殘忍。將我的傷痕都出版成書，你會發現深淵中很暗，即便曾經有過光。但沒關係的。光，會使我們發現自己是如何醜惡，還不如無光來得痛快。

小時候寫詩，總被說詞不達意，殊不知在這世界上，詞不達意的事情太多太多了，我們不是每一項都能完好無缺地投射出自己的情感。那有多難呢，而誰又會知道呢？於是現在寫詩追求一些細微放大的片面，不去處理一些本就龐大傷人的議題，那太難解。白安緩緩唱〈暖光〉，我聽不懂，但我喜歡：「晴朗下，不會緊張。」我也希望，我真的好希望自己在晴朗下不會緊張。但身上真的千瘡百孔了，體內眞的流滿了黑色血液，我不要有個人勉強自己跟我在一起，我不要有個人勉強說愛我，我自己都不愛我了，我不需要別人來愛。愛我是一件很辛苦的事情，並不是那麼值得，除非，你做好了不被打倒的準備，你做好了虛擲青春的準備。你可以靠近我，我們可以一起受傷、一起療傷。

我太理想化、太浪漫，我幾乎相信一些童話的故事，我也相信掛睡、親吻魔法、一見鍾情、白頭偕老，那些困境都可以被愛打發。我是這樣的人，你懂了嗎？我曾經很可愛，我曾經自信活潑，可是沒了你，沒有了快樂，我變得一點都不可愛了。我不太好，這不是假話，我沒有光芒了。無明可能也不是壞事。

讓我沉浸在自己的空間，切割出一些屬於自己的時刻，讓我存放一些我的軟肋與髒血。「言不由衷，或許可惜，我始終相信你。」不對的、也不可以，不可以相信我，我自己也不相信我，你哪裡來的勇氣能相信我？讓那些雜物不斷芃生出框，就像不夠好的、總是被國文老師圈起打上問號的，我的作文。請不用解釋，不用懷疑，不用告訴我，我的星芒去哪裡了。「我怎麼會變這樣，變小心。」白安與許鈞不知道，我也變得不太好了，灰灰的、濛濛的。

我總在親手斬斷一些緣分，太好或太壞都讓人心慌，我不是能夠淡然的那種人，我並不知道一些深厚難得的事情是如何發生的。我不要自己總在苦苦哀求你，我不覺得你值得，如果眞的斷掉了那也沒有關係。鋼琴前奏已經下了，我們隨著走，我們應該繼續走，我們認知到這爲時太晚，所以無法逃脫了。單方面做了些選擇，難道我就要接受嗎？難道你的世界裡只有對錯而已嗎？沒有一些浪漫、沒有一些衝撞嗎？但你說對了一些事情，那些最受傷的事情，一件也沒錯。

本文提及白安的歌曲〈暖光光〉。

不安於世

寫一些文字，一些綺麗的幻想、闇黑的孤獨，告訴自己也告訴他人，一切，還未完。

散落，那些破碎的片段散落，撿拾是會傷了手，但不撿不行，不懺悔不行，不悔改不行。別人看見都會耳語什麼、都會呢喃什麼，我的把柄都會被留下來。不敢閱讀一些人的訊息，太溫暖或太冰冷都讓人錯愕，所以只好讓它被蔓生灰塵漸次掩埋。可是越不讀，越讀不出溫度，那些原有的體溫都遺失。沒有什麼可以或不可以。那些小惡意，就讓它生長，直到自己真的埋入土壤。

還記得，我讀張維中的〈白色雨季〉，他寫到：「不要切開，不要分梨。不要分梨。」我就隨著主人翁一起哭，一起失聲啞然，是，我是矯情，但悲傷藏不住。

或許，我得告訴你們一些重要的事情，儘管顯得突兀悲傷。我的手機密碼，是圖形鎖，可能我該告知親朋。如此，我的文字就有機會訴諸於世。我希望我的父母在我走了以後，如果真的有那麼一天，至少能將這些廢話絮語都出版成書，讓這些文字都能傳遞到很遠很遠的地方，如此，便有一些喜悅抵達我的心底，好像一股溫暖的源流。我的文字更甚於我的存在，它們值得被更好地對待，但我不用，真的不用，我只是一個載體。我希望這樣的美夢可以做很久。雖然我知道只是夢，但沒有關係。

最艱難的部分還沒有到來，最鬆泛的時刻也並未到來，我們只是在途中遇見、失散，親手剪短一點彼此相遇的時間，這些緣分氾濫，剪去了也好。

「我真的沒有那麼地傷人。」這些真話並沒有如此傷人，只是，我們還需要時間適應這世界的殘忍。「還不能習慣，被困在黑暗，呼吸都麻煩，眼淚都流乾，我們還沒完……。」林宥嘉緩緩唱道，隨著歌聲回溯到一切的原點。

有些人本來就不適合生存，活著在世界上就是罪孽，只有死了，作品才能昇華，才能成就一點點的光亮。不安於世，若能有所貢獻，也不算壞事了。

本文提及林宥嘉的歌曲〈完，〉、張維中的散文〈白色雨季〉。

我願

每天都要留一點時間，讓自己沉下去，讓自己沉入無底的情感汪洋，就算吃了抗憂鬱藥物也於事無補，我還是不斷墜入深淵，不斷墜入時間的間隙。不要挽留我，不要哭喪著臉告訴我一切不值得，愛我、愛你，便不問值得與否。

這終究是一場過分美好的旅程，因爲無法承接，散落，才發現這一切多麼荒唐，而讓人想要哭泣，卻已經發現沒有淚水了。我微微笑，一切很好。

「優柔軟弱的心臟先衰老，對漫長時光毫無戒備，唯獨只想用一生深刻一次。」愚青慢慢唱，我多麼希望這一切都是深刻，都是深邃如宇宙般的眼，我卻不斷失誤失落失望，我告訴自己，這不是我，我不願這是我。完美主義作祟，它是魔鬼。曾經我也狂熱瘋癲，拚了命去喜歡一件事情，就好像世界是圍繞著我轉動，世界的目的，就是延續我的生命。可是並不是，可是很難。

「我在浩蕩的人間注視你，在狹長的記憶裡標記你，在無限的時光裡溫習你，在有限的生命裡一遍一遍熱愛你。」謝謝愚青，謝謝我父母，謝謝我祖父母，謝謝我姑姑，謝謝輔導老師，謝謝一切我該感恩的對象，我愛你們。我也得謝謝自己，謝謝你總是在自我懷疑與自我肯定中搖擺，卻總是給予我力量活著走下去。謝謝寫作這件事，你知道的，我書寫工作的價值更甚於我存在，它眞的值得被善待，儘管它並未。謝謝這一刻我呼吸的空氣，謝謝我曾經踩踏過的草坪，謝謝我想去卻從未去過的詩與遠方，這一切讓我備感欣慰，有時候成爲我活著的動力。我要感謝，不是爲了什麼冠冕堂皇的理由，而是你們值得被感謝。

在我死之前，我還有一些事情還沒做到的，但我很希望它能夠發生在我眼前，我有執念，但我會放下。寫幾封書信，寄給火焰或是風，讓它們帶來一些回聲，不求來往的魚雁，因爲這樣就已經足夠了。

我願做一個凡人，腦袋空空，卻能夠感知幸福；我願做一隻候鳥，隨著鳥群飛向遠方，在每一個世界隅角叼拾鮮美的魚，與同伴分享。我記得很多事情，我記得如何去愛一個人，記得看見蟑螂時的驚慌與失措，我記得晨起盥洗的順序，我記得洗澡水最合適的溫度，我記得每一個曾經愛

過我的人，我記得每一個我傷害過的人，我記得我收到多少愛，我記得一些非做不可的事情，我記得書寫時的姿態，我記得淋漓的大雨，我記得如何穿起雨衣而不使自己濕透，我記得不是努力就必然有所成果，我記得窗簾投射出的光線，我記得你。一切開始變得昏沉而模糊，我們將言辭都塡入不適當的空格，我們該停止了，我們不該等到垂垂老矣，才來後悔。也許我在別人眼裡總是不好，總是顯得迂迴而不夠坦率，但我其實不討厭自己，是了，我不討厭自己了，因爲一切要結束了。

我想起陳綺貞〈（失明前）我想記得的四十七件事〉，當中這樣唱：「到底是誰，隨手關掉整座星空，讓我流下眼淚。」我不知道，我好抱歉。

本文提及愚青的歌曲〈有限〉、陳綺貞的歌曲〈（失明前）我想記得的四十七件事〉。

我忘記了

一些事情

我好像忘了一些很重要的事情……
所以我收集那些碎片，告訴自己，不可以忘記。

星海

恬靜的午後
你醒來
嘴角掛著星海
我沒有提起憂鬱
你不願想起過去

在早餐店虛構一位佳偶
說這是最好的未來
你說　不會再愛
然而聽覺刺耳
喪失滋味
我說

一整排的樹木搖曳
微風吹來這些年的意外念頭
孤獨　可以避免
倘若這些時日的拒絕是爲了
迎接更美好的記憶
有何　不可

碰觸最原始的慾望
看著電視螢幕連結肉體
一絲不掛的
你不會再想起夢境裡的他了嗎
也許　還會
但讓時間　調味
烹煮
成一碗入口如飴的燕窩

恬靜的午後
你醒來
嘴角掛著星海
我沒有提起憂鬱
你不願想起過去

獨居

獨居
貼耳在牆角
鑿壁偷光
偷一些記憶的恬美
例如鄰里的他鄉
今日晚餐

雨後濕黏
撐傘　並不足以阻擋累雨
猶如年少夢想的淚水
人龍中　想起多年前依舊新鮮的渴望
在口耳相傳中佚失

仰望
天晴仍需時間

不會　為了一個人哭泣了嗎
思考群衆與自身的差異
就此安詳逝去
彷若一盤星海下的細沙
彎下的臂　晚霞　惋惜
在一刻迸出
許多思緒承接不來
便任由它
隨波

將美好的想望鎖在盒內
讓潘朵拉做困獸之鬥
聽聽自己獨居時

工地敲打
雨水降臨
街巷嬉鬧
再回到長久溫暖的
舒適圈內

一床　太陽曬過的棉被

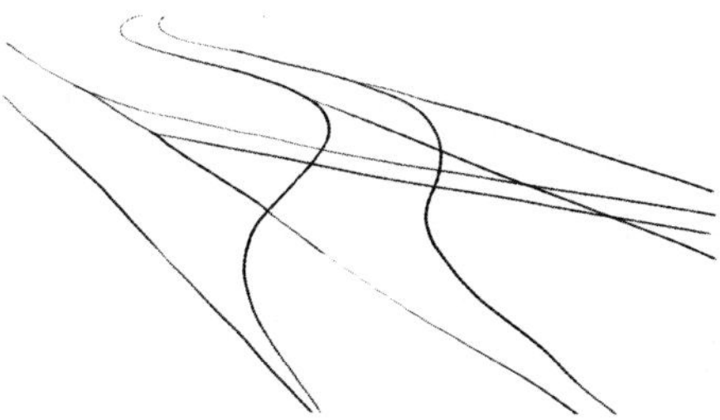

四月初

今日　我衣衫不整地
昏睡
坐看餘暉美景
浸潤於這一刻的感傷
醉心　也不需醉
只需　一顆
幾近落水的太陽

難耐　所以才讓人偉大　不是嗎
你向我討問　要我
教你　原本你就瞭然的那一切
整潔　全然如我
空空如也的腦

你要我　要我　要我
前去　曾經使我迷惘過度的
地方
我沒有言語
複雜
銳減

那些想望細密地　被我打撈
在夜裡冉冉升起的燈上
多一些　再一些
可愛的原因
如此我便願意　長眠
在星海下
細數我的過錯
請
原諒我的

四月初

怠惰
迷失
貪食
狂暴

你並不知道
我轉身後的表情
也許
你知道
會欣慰一些

幻海般的四月

你
帶給我一副　痠疼的眼
窗櫺　沾黏床沿
彼此熱吻　共舞　親暱地溺水
那片　如幻海般的
四月

你向來　知曉
我心目中的欣慕
孤獨會使我心生破綻還是　喜悅
到底　是愛悅　還是哀怨
爲你付出最好的我
來回撩撥我

使我　停滯
不前

告訴我　愛情
最巧妙的模樣
平靜　恬美　滿溢　蔓生　出框
手的知覺漸無
意識蓬生　我還想擁抱
卻不斷轉圜彎繞
你別一直　要我
截彎
取直

以被害者的姿態　如畫　如花
看待我　追問不止
我愛我愛你

這是在四月時
我僅學會的
言語

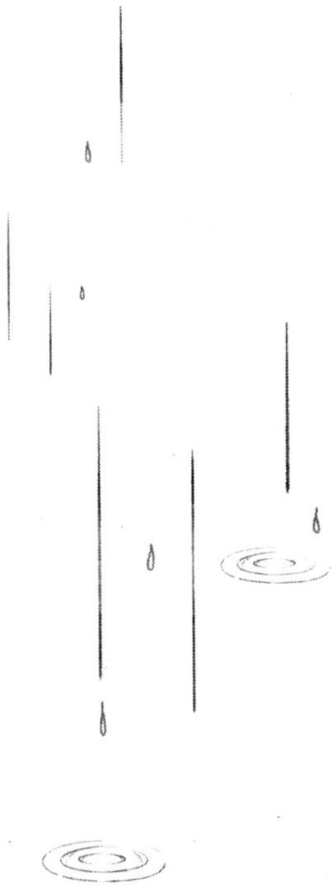

計算課

攀附我的譯想　擁有我的陌樣
在我的腿間　髮絲間
透出光芒　然而天寒
春衫薄得如蟬翼　使我
頻頻回首

會有人
恰如其分地包裹我　鐫刻我
以我的名姓　曾經殞落的名姓
嘗試將我　由岩石底質打磨成渾圓的鵝卵
卽便我深諳自身的脆弱　卻
仍爲那樣的存在深深　吸引
猶若　不可抗力

當我們總是
以你我他　代稱我們所謂的陌生人
例如：你這沒禮貌的女的，你有病吧。
例如：我這種人，天生說話就是很直接。
例如：她那種破麻，誰都可以上。
這樣說明　不夠切確　卻已經足以
好好地　觀賞對方驚恐的面容
轉爲羞怯　轉爲淚水　轉爲憎怒
傷害　一夕間

計算我吧　請你
簡化我的悲傷　帶我去曾經看過的大海
裸足　切實地踩踏沙洲
不過分繁複　而使我反覆地見證一些
我從不願見證的　人　好孤獨

竊笑　雜亂　生命　曲折　周而復始
解構我的摩斯密碼　由心記取
不用耗費你太多記憶體
愛　與不愛　對我來說
好　類似

寫到這　軀體欲我聲明
一些我無意背負的　盛名　那般狼藉
無論我是否隨著風拂吟唱　一首
不成曲調的　異常默然的樂章
我都是大地之母最虔誠的信眾
我　都是　靈魂之窗外的一縷風景
說的言辭　何患之有　仍然上達天聽
署名後　的另一番丰采
我不明白　我只明白
數碼的悲哀

截彎取直　倘若一場取水工程
綻光　蘸上了我
我不尤其知曉　那樣困難艱澀的
計算課

我的狗

我的狗斜坐伴隨狹長的目光
我隨之緬懷地思索過去
曾經　挽回　誤會　繾綣　哪個人
容易感到喜悅　或是悲傷　到底
該用什麼姿態去展開一段鋼琴樂章
才能恰如其分地
收藏我的幸與不幸

我的狗仰首依循生理的本能
睜眼　那些炙熱的體溫在一瞬間流失
散亂的回憶中　永恆地困惑　迷惘
猶如吹不開的霧氣　欲發沉重
那些皮毛　黑白相間的灰色地帶

電風扇吹起門　關上　觀賞　冠上
將他們鎖在了外頭
一種深刻的　彷若繁星的
梵谷的眼睛

我的狗嗚叫探求向外的想望
簡單的幾個字　要如何輕易地書寫傷懷
抑是傷害　寫到這裡不禁恣意愉快
我們在當下　誰　會知曉我們的懺悔
難能可貴的　刻骨又銘心的　是否成立
意識流中亦被形態所困　心囚
善於表達　以標點拓展符號行爲
都不會是此刻
眞正重要的事

我的狗染上年歲　她的眼
什麼時候也變得如大地之母般
感傷　而困頓　我從未詢問　從未真實地
在她的面容上　刻下屬於我的
足跡與化石　我說
我留不住她
心裡便有了幾分解脫
我的狗淺眠相遇人性的陌途

對話體

整片草坪　你手握都握不住的
風　吹來希望

＊＊＊

沒有任何希望了
在這一刻
總讓人疲憊而濫情
多慮而不思

＊＊＊

你知道你的希冀

會很快實現
來回奔跑
從未看過的最好的　笑容

***

我無能　我的背鰭被折斷了
我的翅膀不見了
曾經屬於我的東西　它們呢
來幫我　找找

***

用手掌輕撫你
你　知道
結局不會這麼快到來

想死　也不簡單

***

我想我會好
我想我會沒事
眞的嗎

***

活著就該有夢想
彩色的　斑斕的
聽　仰頭聽
那是　風鈴聲
你的一切躺在了綠色的海洋
一朵　一朵浪花綻放在你的眉梢

你該微笑
如果一切好轉

***

謝謝你的山海
怎麼說　也是心疼我
但你要知道　我還不了
我很抱歉
抱著歉　雙手什麼也拿不出來

***

親愛的你
不要用那種表情看著我
泫然　欲泣

淚水還停在半空
我吞噬　我吞噬你的悲傷
除了擁抱
誰告訴我　我該
給你什麼

***

如果有天
我變得全然不同了
你還愛我嗎
你愛的是我嗎

醒覺

黑夜　你又前來
雨水如鼓點
敲擊　我的窗口
又聽回老歌

你　爲我
布置的那些　我都沒碰
我　聽說
你已經歸返　來自於你內在的匱乏
我不知道
是否　該將你留下

呼喊　在無盡的黑夜
眞的全然　毫無盡頭般地
奔跑　在無眠的街道
淚水四濺　沒有一絲渴望
眞的淸醒
而你已經遠走

自悔

我得承認內心的困獸之鬥。釋放出潘朵拉吧，使她，爲我無知地做出選擇。光亮的點滴飄浮在我與家人之間，我知道，這從來不是容易的選擇。

偶爾，我仍會想起，自己的那些罪孽與最深的欲望，它們讓我覺得我並不乾淨。如果有機會，我想，我不會抗拒死亡。要是有機會，一輛卡車夜雨路滑、視線昏暗不明，它，撞上了我。在急診室裡，我知道會有各式宗教的神祇來迎接我，但我只選擇自我毀滅，就讓靈魂飄蕩成碎片在大家的口鼻之間，痛快一場。

「自悔」是個什麼概念呢?沒有人可以適當地言說的，因爲這太私密自我，不是個適合辯駁的議題。自悔就像是在夜裡狠狠打了自己一個巴掌，也像用自己的手去承接尿液。我不知道該怎麼說，那種低落。最可悲的是，還未有敵人攻城，這種揮之不去的自悔感就已經根深蒂固，而對自尊造成莫大傷害。

自侮時，需要激勵，需要勵志，那是莫大良源。但親愛的，到底，需要看什麼、聽什麼才能眞正救贖自己呢？
那是思維上的困局。

我已經逐漸淡忘你了

音量轉大
你便聽不見　我
心碎聲音
還是得
繼續生活吧
即便無疾
而終

我逐漸淡忘你了
薄得透光的時刻中
明明　愛你　十分愛你
卻仍遺憾地丟棄了

我以爲
你會記得我
我以爲你很認眞
我眞的覺得你在那一刻　哪怕　只有一點
必然愛
我

謝謝你的交談與夢想
協伴我歪斜的生命
如果再見
可能不敢放下
儘管　我曾輕易拿起
但無論如何
花費時間算塔羅占卜
研究吸引力法則
的我

一點都不可愛了
沒了你
還是要變得可愛吧
才會有人愛

獨白

總不能愛一次
後悔一次
終究　是我　貪戀你
你給了我精緻易碎的翅膀
帶我到樹巔之上
讓我看見這一切　愛的
根源

這些年
我已經不再
輕易地被觸動
深刻而迂迴地展現我愛你
然而這仍是悲劇

文章或樂章都無法眞切地撫慰我了
我知道　我曾說
我已經將你淡忘
但多難得
這一切

爲了你
我可以塡寫屬於你的段落
你會爲我哼唱三毛的字句
無非愛玲　曼娟　強生
他們作家的事
不過多美好
我們正經歷
所謂愛

離開我
你快樂了嗎

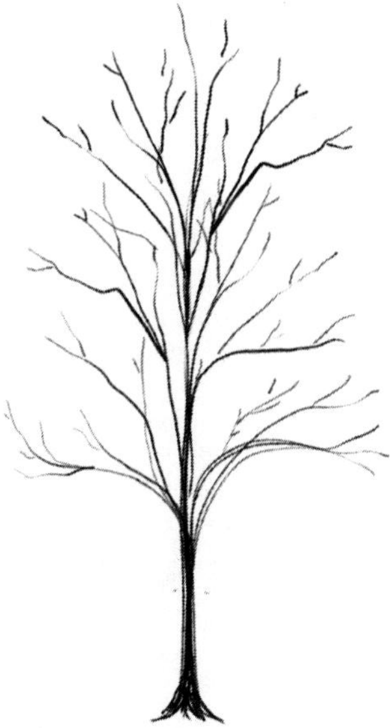

白色的謊言

我不會再遇見這樣的我了
在這樣奢侈的時日　昏睡　然後重新拾起
那些自己珍重的　眞摯的
預期中的　欲泣口吻
拚命叩問自己　終於　我以天黑的姿態
在清晨　重生

文思泉湧還是　靈感枯竭
無論哪種我都沒有把握　我只擔心
月亮會越來越不亮　我沒有能力　我眞的沒有
能力　仔細描繪你要的那種情感
我反覆拭去淚水　在反覆逝去的白晝
感受　夜晚的風拂

曾經　你也這樣看著我　猶如
看著一隻受驚寒冷的麻雀　曾經　我也
吟唱著不成文的曲調　在自己的象牙塔起舞
窗臺在起霧　無論如何　我都不該　用這種
方式　說再見　不是嗎　不是吧　倘若
我徬徨了　在未竟之地迷走了
你會不會在我的傷疤旁畫上一顆顆星星
我眞的　眞的眞的不管了　我好想要
白色的謊言

你看著我　不說話
只有自己輕輕撫動　說
該睡了

要愛

世界凝結成水　在我身邊形成漩渦
對視　終究出此下策　形成一整段
難搞的日常　我們　我們
不可以這樣

親愛的　我多愛你
反覆驗算得證　該怎麼嘗試除錯
想像你的未來　沒有我　一瞬間紅了眼眶
挺著紅眼睛　掛著一整串夏夜的光芒
我已經不再知曉　晚間的風　該如何形容
習慣　歸咎於我錯誤的步驟
忘記了　曾經　我也是
有你在

親暱又疏離的關係　多好
你與其他人不曾有過
我要哭了　再多說一句　淚如雨下
我們都是一個想愛的人　突然間　怎麼能夠
被世界遺棄了　沒有人說過　傷害這麼簡單
駐留的總是非主流　我想我內心仍守舊
我還渴望一段恬美而靜謐的愛
長久　不翻騰的　不疼痛的　偶爾彎曲的
愛呀　這就是愛呀　不是嗎　終於
學會苦痛　學會瘋癲　學會了
在苦痛中瘋癲

你要的愛　有多少
是我……

睡前，我發現找不到你了

髮絲垂拖　揚起　光塵
瞳孔波動　與風　同向
想起了　很久以前的遠方　我們一起走過的
那些口吻　眼光　氣味　體溫　都佚落
床墊下　窗櫺口　我都慢慢找
但有一天　我發現
找不到
你了

入夢前　翻閱的睡眠手冊
輕薄的　透光的　發散的　在手掌心
溫暖我的心扉　肺臟　口腔　我開始想念你
你一定是半透明的　一定　能穿透牆壁

翅膀上的印記　額頭上的吻痕
我會擁抱你　猶如那些年歲　我來不及
回覆的訊息　螢幕另一端太快　太容易騷動
我只能將滿溢心口的摩斯密碼
讓它沉沒心底　沉沒在湍急的河水
我還是會閉起眼睛　臨摹　好好臨摹
你的模樣　你的面容　好像
變得憔悴了

一早起來　畏光了
很多細碎的小事掩捂我的口鼻　使我窒息
早晨的夢境是一半的　你的身軀也只剩一半
即便我無意想起任何人　但在你的紀念日中
我仍在推敲　到底　你是活的還是死的
樹木冒出綠芽了　明明被砍斷了
祂怎麼能活呢　怎麼能看見我

怎麼能若無其事地離去

我好愛你

我一直到某日　發現了　原來

你也會思慕某人　我才稍稍　放下心來

儘管我們都知道　我們的念想

無濟於事

霧

這種日子　還要循環多久
再如何　我都不能泫目地繼續欣喜
要是世界始終無人　我是否該保有片面的自己
我只知曉　長久如此
會生病

這世界　有多大
我的輕鬱不能爲我掩埋　所有不自信
我的夢境　我的玫瑰　我的畫筆
我的　你的　那些美好的善果
請不要奪走　請告訴我輝煌的必要性
如果有一天　終於向晚
我不會挽留

你傳遞的　溫軟的訊息
每一吋都割傷我的手　我的臉龐
你無意　我卻因此困惑而迷惘
你的舉動爲我帶來課題　關乎放手的課題
我才發現　我們之間隔的那層霧　是多麼濃重
多麼讓人不知所措　想來　是我
該離去了

短短長長的　正在凋萎
你的愛　我的愛　還未完全
但時光的繩索已經鬆脫　在曾經的老樹下
模糊的淚眼　與某人的喪禮
我們　已經記不得了

顯流

心中無主而幽微的情感　在騷動
攀爬著微光閃爍的　欄杆
此刻　哪怕整個世界狂悖　作祟
我只能壓抑　那些彰顯過的
直至　侘寂的內心
波濤止息

宿命論　要我不看見自己的空虛
與最深的欲望　但天生爲人
人本之說　早已經被向晚的現代社會推翻
猶若一層一層枷鎖　長久不變的叩應
無關痛癢　無關緊要　無所不在
追求歡愉的美感　將我上釉

將我成就為一批易碎的陶藝品
背光的影　初初疏露　春之韶華
空蕩的畫面　說是這樣會
傷透腦筋

我是愛的孽種　情至深
置身　才無可復加地　逃不出
癡情一片　所以急切追求　情緒的表明
要求夢境將一切都逐漸加重　都結出善果
說好了　為了目標狂奔　不管眼前景況
但易感的我　仍然頻頻回顧
仍就等待一位懸而未決的　真摯的
斟酌著的
有心人

這是否就是網路時代的弊病
一切　唾手可得　卻總是塡不滿內在的
空虛　寂寞　靜默　所以我只能
猜想　躊躇　泛起淚光
當我捨棄了繁複而撩亂的　關係
是否才能見到南山下　淸淺的
如星光般潺潺的
流水

光

這夜晚這麼黑，要我怎麼活、怎麼過？當陽光耗盡、黑暗好近，我該用什麼姿態去面對與嘗試？即便，我知道所有的嘗試都會顯得若無其事而使我再次受傷。

聽說空中的星斗是明亮的，仰頭望卻看不見任何一絲光芒，這樣的時刻，紛灑而低迷的揮舞著，那是什麼？虔誠地跪下叩首，將滿溢心口的情緒在一瞬間全部傾瀉而出，誰要承接，抑是問，誰承接才會稍微公平？

親愛的我們，先懺悔才有機會再愛，先感恩才有機會再恨，一體兩面的，我們無法恣意地選擇自己所偏好的，所以才一再受傷，才一再從淚水中開出花朵，最卑微的塵埃中，有最美的事物。

風拂我、束縛我，卻捆綁不住我的思想，跳躍的、流淌的，我在吶喊著呀，你看見了沒有呀，不要不理睬我呀。我知道哪裡有光，所以我向哪裡奔跑。

寫著寫著，我感性過分的靈魂讓我淚流了，我無法阻止這樣的感受，我理解他們每個人的傷口與破損，卻也深刻明白我身上的缺口。皺眉、蹙額，講說自己再也不會相信愛了，誰說的，到底，是誰說的？

一切都還沒完呢，故事還運轉，你們眞的眞的有認知到這一點嗎？清晨中甦醒，猶若中古世紀難得的雕塑。恍惚中，我只要你，告訴我，故事還未完。

望明

已經許久未寫　惟恐　喪失語感
反覆掙扎　下墜　隨風而去的光
我們睜眼　眨眼間　創造出整個宇宙
因爲愛是欲望　貪求不得的渴望
帶我　乘風而起　只要
你還　有一絲念想

這已經超出可惜的邊界　線索逐漸模糊
我們再也不能輕易說明　我們與他們
誰更高尚　扮演者　扮演著　就位著
很多想說的　唱不出的謳歌
很多人在我面前吶喊後　消散成詩
熟知不是那麼堅強的人　躊躇　驚起漣漪

如果你還愛我　如果還傾聽我
我會言語　我會哼唱　我會奮不顧身地抓握
因爲我深諳恆常的道理
深諳　這是宿命

仰臥間　佚失光線　缺乏思緒
我在隨著時間四分五裂　猜想
那些想說的話　是否都來到了他們的耳畔
堅持的輝煌　盤旋在我額間的迷惘
霧外　我看見許多絮語都適得其所　夢魘
告知我　終於我無需再汲汲營營地爲這個世界反覆癲狂
整片星空漸次黯淡　杳無聲息
我卻流下滾燙的遺憾
明明　已經走到了烏托邦
我怎麼　失去了聲音

故事已經終結　當一切開始收束
編織的夢境　長成了多年後的既視感
遙遙相望　我開始向前
響起了樂曲　不曾完整的旋律
當我知道　我仍有餘韻
仍有　初初……

若有緣由

「給我緣由。」
一夜間　讓玫瑰都盛開的魔法
讓你彎繞的言辭終得其所
讓吻痕悄悄蒸發在早晨
讓世界能爲你下一場
淋漓的雨

隔著窗口　遙遙呼喊
你是自己的念想　當你　知道
你多麼値得被疼惜　活著　好幸福
我不知道你的淚水　有多重
爲什麼　無法上達天聽
這使你覺得自己渺若無物

怒放與瘋狂間　悠轉　舔舐　彼此頸肩
漲紅的臉龐　雙眼中
「有整個宇宙。」

你永恆知曉　那天
你穿越幾個街口　在水泥叢林
循線找尋唯一的出口
痠疼的腿　與搖晃過甚的眼珠
喊出來　將自己內在積累的夢境與夢魘　喊出來
沒有人要求的傷痛　爲什麼　如此深刻
那幾條跑道　是不是自己自卑的投射
突然間　你就認知到　自己
「需要懺悔的，眞相。」

你　在想什麼
爲什麼　忽就悲傷

若有緣由　將一切打碎再來
重組間　你說　你要
「好好活。」

你得
好好豢養內心的自己
萌生足夠的勇氣　翻轉騰越
在這個世界狠狠地踩踏
逃跑　與避開險境　笑得像十八歲
的那位少年　你說
「若有緣由。」

穿過橋樑，就是天堂了

你看見了光　還有塵絮
飄揚在春日四月的空氣中
你深知　這是最後一次
猶如　閃耀著的水波
伸手洗去的
污垢

晨起　將人間煙火沖淨
身軀什麼時候　變得這麼輕盈
沒有人告訴你來日的歸途
腦袋空空　也不過是困獸之鬥
聽說　祂們都已經換上最喜愛的衣裳
霓芒就這樣流淌在眼角

你　分不清楚　這是終末
還是開端

「容許我，請容許我在結局叩首哭泣，」
「偉大的神祇，拜託祢，」
「借我一點光……。」
你從不是虔誠的信徒
但看著你剛出世的嬰孩
那樣的光華　你開始覺得自己
就像聖母瑪利亞般　感知神召
「不行的，我不能現在離去……我不是一個背叛者。」
你打了賭

宛若一天的開始
你隱隱約約　睜不開眼
看見的　是自己的孩子　還是
「主的迎接？」

窗　望

氣窗
被關上
就此淡化了
風景與自身的想望
雙眼微閉
她陷入　深層睡眠
在恬靜的午後　這是
最好贈禮

身爲一隻狗　一隻
黑斑點　渾身白毛的家犬　不帶有　任何
品種的病症　卻也沓無高貴
想當初　不過是在街角流浪

哪知道會遇見妳　就此
串起她的生命了
她的笑靨
會一直　爲妳
綻放

黃色纖維被毯
陪她一同入夢
何其有幸　爲她蓋上
撫摸著　這些年日的　不幸
想著　應該　就此別開悲劇的手
與她一同望向窗外
望向　往昔經過的路人與行道樹
望向　不會再見的
街燈與路口

跳下我的腳掌
離去臂彎
我才明白　我不可能　也不願
永恆留下她

她　對我微笑
露出一口皓齒　與我對視
我知曉　即便沒了我
哪天　她還是會
望向窗外

陌摯

有人說　生命是一場陌愛
我只想擁吻他　告知他　摯愛的可能

我並不反對　也不對於那些說法感到惆悵
每個人都有自己的吉光片羽
波光粼粼的想望
悄悄地發芽　但無論如何
若要愛　就輕輕摟著　當成自己的初戀情人
對於那日　突然成長的那一日
就閉上眼
原來自己擁有的大於失去　你會發現
人生
好寬廣

我的所做所爲並不美滿
但我仍有願望　我有自己的夢
平行世界中　清淡寡然的　熾烈張狂的
誰沒有過　最好的時代同時是最壞的時代呢
世界痛吻　泰戈爾以歌報答
我深諳自己的能耐　哪裡有那樣的好本領
夜色空靈　我只不過是
一片風景

人總該要學著自處
我猶若一潭渾水　一絹瀑布　一張空白著的紙
易於割傷手的那一種　對於用字總是
斟酌　也不知道到底便宜了誰
讓哪個幸福的人　多麼幸福的一個人
盡收眼底

經掠世界　眞的會驚豔世界嗎
我們以什麼方式臨摹　攀附
找不著
我們　找不著

有人說　生命是一場陌愛
我只想擁吻他　告知他　摯愛的可能

多幸運　相識

不完美狀態

坐在精神科門診外，似乎懂了一些什麼，
只是，該如何去接納一隻破損的陶瓷娃娃呢？

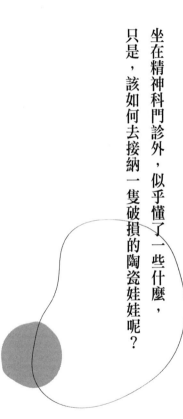

希望與願望

祝福自己　以一種愼重的姿態
裝作　目標很近了
或是　生命還很遠

我們並不知道這條路走下去會看見什麼
兀自而持續地　做作
一心向最黑的夜探頭　揮手
默然放逐了心中最清淺的
有光的它

希望與願望　兩者都很重要
我們並不是要一竿子打翻所有
但不切實際的情況　眞的太多了

我們反覆臨摹　推展
始終到達不了
你所想念的
那一個白晝

畫一幅自己的姿態
說好自己不再傷悲
你以爲的　我以爲的
好像　都很像

夢見你

舒適地聽著搖滾樂專輯
全然　不顧生命的裂痕
我看不見光　看不見
於是不斷拚命地
寫呀　寫

收集一些自己的片段　的碎屑
生活在危樓下　其實
也不是這麼孤單的一件事
我們還不是就這樣
活下來了

下一次夢見你
我也會覺得很開心

你的記憶是有缺失的
我如何承擔得起這樣華美而孤寂的
盛名　即便
你不會將我推翻
不會　將我全部抹上紅　或黑
說我　不夠明確

將我的心挖出來給你看了
怎麼　你還是流淚了

分離前的擁抱

寫一封長長的書信
請你　以指尖壓實
不要偷看
很快
你便會全然知曉

你不要總用
那種被拋棄的眼神　看我
也不要對我　欲擒
故縱

我將這些散亂的　迷失的
都寫給你了　希望

你會是這世上最幸福的一個人
在分離前
請　讓我　再一次摸索你
不要　不要　就這樣子
拋下我了

雖然　我們都不夠好
還是可以抱一抱
取暖

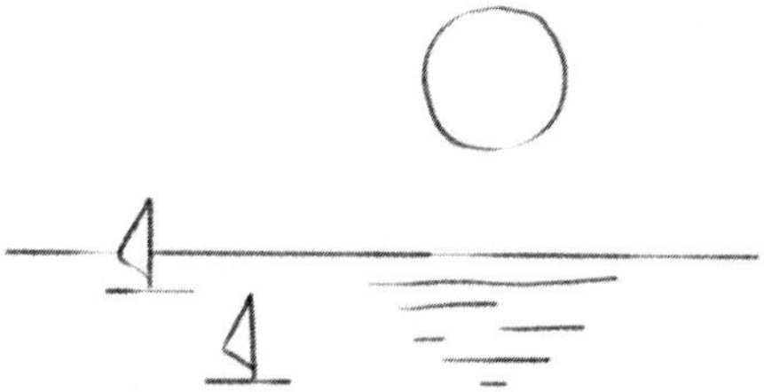

我只能說這些

親愛的
我說的話從來都只有那些
彎彎繞繞　會染上灰塵的
有時候　你說
這是悲傷

我也不甚清楚
如何將一個人的　心
全部打開
那樣子　空蕩蕩
很奇怪吧

如果愛我
是一場苦難
你還會愛嗎　你還是會
不顧一切地向我走來嗎
抱歉
我唐突了

最終　我還是
活成那些人的模樣了
最終　我還是
只能說得出這些

最深的海

你告訴過我
你好了　可以再愛了
我卻不知道
你說的　是要愛別人
還是愛我

你的眼神是這麼的清澈
我曾經放棄了一切
我爲你潛入最深的海
被水草糾纏
被浪花嘲弄
他們都說我　不夠好

但我
沒有哭

我還是記得　你笑的模樣
我還是記得　你哭的模樣
像一場災難
就好像　星星都熄滅了
但遇見你　哪裡需要什麼星空
你的眼睛裡
有我想要的一切

眞的是一場災難嗎
你會
這樣認爲嗎
我看見了　你看不見的
有時候　我覺得

我是
最清醒的
你會
這樣認爲嗎

優雅的紳士

最後　我們是靠著彼此的體溫
才得以泅潛的
上一次離開了最深的海
你還
記得我嗎

你就當我
是一位　優雅的紳士
那些眼淚都是我活該　哭給你的
那些夜裡的惆悵　好濃　好重
每一步都好想哭
都在危危發抖

我正偏離
拋物線

當然　我需要時刻提醒自己
紳士的　風度
以免
亂了分寸

我們並不需要深刻地體悟到什麼
重要的事　不一定那麼重要
不過就是　撿拾了垃圾
當成寶物而已
拉遠看
人生　才是千瘡百孔

進站中

聽　遠方有什麼聲音正傳來
我們
是否終於能看見光

只要　隨著風聲逃走
我們是不是就可以
活出更好的
自己
你笑著看我　說
哪有這麼好的事

與風　與霧
我在這裡　與你對話

與花　與浪
我還在這裡　與你對話

風欲漸大
我卻看不見光了
那樣龐大的現實就壓在我面前
拿走我所有的賭注
我想逃
好想逃

你卻握住我了
你抱著我
你哭得　比我還大聲

聽　遠方有什麼聲音正傳來
我們
是否終於能看見光

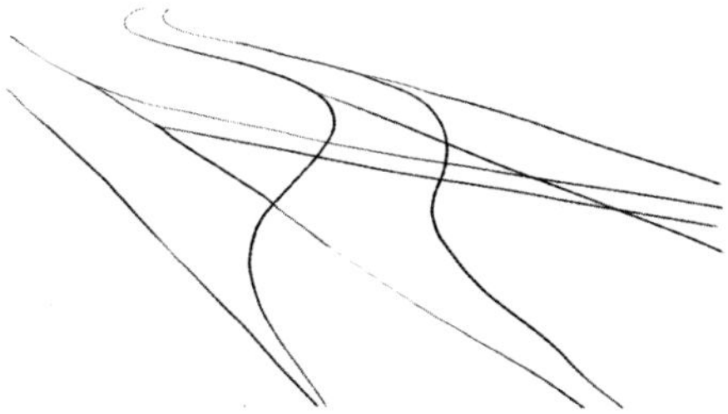

痊癒……

我們正在痊癒
只是　自己不自知而已
你要這樣相信

坐著看電視
沉浸在一場戲劇
裝作看不見
人生的陰暗面　我知道你會說
就當成
自己還是很幸福就好

你看　他們明明經歷分離
卻仍有火花

他們明明生命將近
卻仍狂喜
「愛上了，你就懂了。」
你一定　會以這麼輕巧的語氣
告訴我

「要是可以找到一份眞摯的愛情，」
「我的生命，會就此昇華的……。」

看著你
好像看到以前的
自己

痊癒……

一瞬間，發光

最後　我們仍要以不完美的狀態
活著
對嗎

我們身上的缺陷　是如此清晰
怎麼能夠騙自己　看不見
「你還不是活到了現在。」
你那諷刺的笑容
說得並不是
全無道理

要面對　要好好面對
即使

我尚未準備好
我完美主義
我不好
還是　要勇敢愛呀
我花了好久　好久
也未能明白的
道理

丟擲光陰的刻度
你知道的　我有多捨不得你
但最後
我們仍在一瞬間
發光了

若非你，不是我

若你不曾出現，我不會是我，謝謝你予我快樂與悲傷。

若你在廢墟裡發光

你如此敏銳的　情緒
會狠狠傷了你　將你
生吞活剝　就好像沒有人
敢跨越馬路另一端　跨越
本來可以　跨過的

我已經忘記了你原本的模樣
好像一直都很勇敢　好像堅強
好像　笑起來讓人欣喜
但那時我並不知道
看見你哭泣
是會讓人　想哭

你打亂我的生命
我捨不得趕走　我想
繼續親吻你　一哭一啼
我們會擁有自己的生命
反覆知道一些不該知道的
我們　不是故意在邊緣試探的
所以呀
不要哭了
不要抱著我　哭了

想你　不過是願你快樂
若你仍在　若你飛翔　若你在廢墟裡發光
棄絕我　棄絕孤單　棄絕那些恆久的悲傷
鐵道旁　危樓上　處處見你
若非你
不是我

自己與自己而已

你瞭解我　做什麼事都很認眞
說什麼話都不吃虧　親愛的
我們不是飛鳥與魚
不是兩端天平　只是來回走一段路
並肩　然後
分開

談及功成名就太見外
我們不是那種　需要頭銜的關係
看很多人　吃很多飯
喝很多憂愁　寫很多白紙黑字
閉眼在世界悠遊　並腳跳入一腔熱血
我們不是深諳道理

只是
深諳自己

不要說那種喪氣話
不要對著偌大的夜空痛哭失聲
在晚間氣流中綺麗地睡眠
昏昏沉沉　那不是我們　我不承認
我們已經很努力　已經很快樂
活到哪天都不浪費
活到此刻　我們都不會大吼大叫
只會
閉上眼
笑一笑
握握手

過了三千多天　看一看彼此的樣子
看一看青澀　看一看羞赧　看一看不可思議
自己　與自己
而已

傷痛後天堂

路過一條街　一條溶光的街
不會看見什麼傷痛
不會看見什麼低谷
只有天堂

與你牽手　與你相擁
黏膩的五月天色中急欲闡述
我們看著　看著　就足以沉醉
每個人都是這樣愛
沒有人教我們怎麼愛
與你相離　與你哭泣
起初很痛　後來都變成一種告解
美好會變醜　快樂會變難

後來
會好

曾經想了無數種說法
要你　還我天堂　還我幸福
要你　重新待在我身側
知道你不會是我的　索性
心有所幸

不知道　沒看過
因爲你佔據我視線
沒有思索過原本善良的可能
沒有緬懷過美麗的鬼魂
很多年以後　想起你
我再也不起波瀾　我再不是當初
遠離　再遠離

好多好多好事情
在你之後

驛站前的

整條街

都落在光裡

來到一個陌生城市，手裡揉著一張車票，
幾乎睜不開眼，原來我已經被光芒包覆……。

可以擁有陽光的地方

廊道流彩
光亮的車廂
你知道，只要有一點光
就能照亮
整室的黑暗

往南的列車行駛。鐵軌傳來
規律而整齊的聲音
有位詩人說：今晚，我躺在鐵軌上。
貼耳聆聽那些震耳欲聾
那樣觸目而驚心的，場景
不曉得撼動了多少人的心
只可惜

我還沒有那麼高的
理想

日落日出，其實是很像的事情
會有一個他，一直沒回來過
我們，會一直等一直等
等到累了
雙眼失神了
身軀都不再發光了
才會
頷首，含淚地
讓一個人遠走

這樣悲傷的事，今天
是不允許的
哭泣也是不被允許的

擁有光
會讓人忘記自己
背對黑暗

本詩提及詹佳鑫的詩作〈今晚我躺在鐵軌〉。

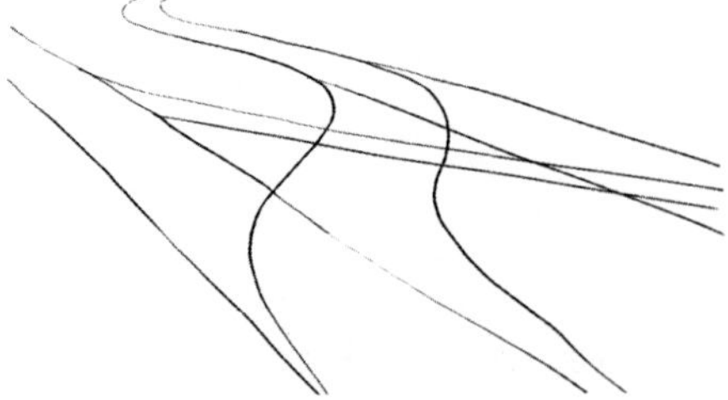

飄浮列車

如果覺得累了
就打開電臺，隨意停留、佇足
聽陌生的人說陌生的故事
就戴上耳機，分享你最愛的播放清單
聽熟悉而相似的心碎
你會覺得，你在
飄浮

聽見孩子的嬉鬧聲，你曾說
那是銀鈴般的，會讓人
忘卻煩憂的，聖音
今天難過的份量已經足夠了
精簡一下，截彎取直

自己的過不去
讓它過去

那位歌手不斷哼唱：時間啊，來吧……
再重來一次，我都會沒有明天般地揮霍著。
每聽一次，你就要淚流一次
藉此收集自己那些，悲傷的、欣喜的
碎屑。生活好像就是嘗試著
被疼惜、被理解、被看見污穢
因爲，你也很想
被無條件愛著

如果覺得累了
就裝作我仍在你身旁
你會覺得，你在
飄浮

本詩提及艾怡良的歌曲〈Forever Young〉。

直面傷痕之前

明明車窗不說話，我卻清楚地
聞嗅到了潮濕的海風味道
直面傷痕之前
我還有一點時間，好好
奢侈

儘管面前吹拂著惡寒
迎面而來，交手、錯身
我仍順著舞曲的脈動，攀爬
嘗試去抓握一點來日的光明
仰望呀，仰望世界
與時間並行，越過那該死的絕望

我是龜兔賽跑中的
那隻烏龜

放一把火，把我通通吞噬
丟擲洪水，以暗潮的洶湧讓我落入窠臼
我不怕啊，不怕
你看看我身上有多少條傷疤了
結痂痛，不結痂也痛
鮮紅的反面一直是我啊
是我

翹二郎腿，無視
世界予我的，要求我更正的錯處
我不管了，我
不要了

明明車窗不說話，我卻清楚地
聞嗅到了潮濕的海風味道
直面傷痕之前
我還有一點時間，好好
奢侈

有些人會活在你心中

有些人會活在你心中
直至他們化爲一種，淸淺的
悲傷。不會再那麼難過了
因爲你開始領悟到
沒有你
他們也過得很好

那是一種
很難說明的感受
有時候，我們無知而堅強地
去承擔、去看見，最深不見底的谷壑
以爲自己渺小而胡亂地犯了錯

但其實，那是對的
你沒有錯

不要哭了，你比耶穌果決
比瑪麗亞聖潔。你清楚一些
祂們未必懂得的
我們無能爲力，卻仍可以爲一些要事
轉圜，起舞。儘管我們可能會
摔倒

你是誰的女兒
誰是
你的母親
幾乎，半生緣分就此
糾纏相依……

一旦忘記為什麼哭著，眼淚也就不怎麼悲傷了

我還記得，去年那一條列車
聽著陳珊妮的〈灼人祕密〉，聽著
一些細微的喃喃與耳語，不能自已
那是
我最快樂的時光

哭泣會爲我帶來一些活著的，況味
這樣就對了，重要的事
比不重要的事，重要對吧
好好活著，就能被拯救的對吧
這樣
就對了

確實是傷懷的，是滲人心脾的
像淋了一場好濕好濕，的雨
在陽光下幾乎快找不回，自己
我卻得以在縫隙喘息了
生存下來了
那是我
與我

我的耳裡有整片汪洋
你卻只說一句：你決定要來臺北了。
我的眼中一直有你的山巒
你卻只說一句：我已經過得很好了。
好好活著……
一切卻正消失於被寫壞的日記
被竄改的記憶

我還記得，去年那一條列車
聽著陳珊妮的〈灼人祕密〉，聽著
一些細微的喃喃與耳語，不能自已
那是
我最快樂的時光

本詩發想自陳珊妮的歌曲〈灼人祕密〉與其音樂影片。

下一群波浪中起舞

我不那麼想念你了
因爲我決定要放手了
你知道我，一向
不說謊

若再痴纏對你也是，慟苦
兩相不能安好，爲何，我仍苦苦相逼
從那一片海不能得到的，我終究
會在下一群波浪中央尋獲
搖擺盪漾，那是
我需要的

那是一場很深刻的夢境
留給我永久的印痕，使我一直保有印象
猶若初生牛犢第一眼看見的世界
你曾經建構出了那些山脈與珍貴礦石
要我，一再奔馳，去爭取
你口中
很想很想要的

而今列車上的歡愉，化作繁星
靜默，近乎殘忍
對你我是負累
此生彷彿催眠，無窮循環
揮揮手，我們不能再拖欠了
來生
會更好

餘暉中仍不明的星

寬廣的馬路，與蜿蜒河道
一景一物漸次風化，向後退去
餘暉灑在了水稻的表面，熠熠生輝
那些私密而不得的回憶
困住了，最初的我們
失敗
何嘗不偉大

我知道你仍想著，成爲
日後的他。猶若一條精緻易碎的緞帶
就這樣與自我意識，捆綁在一起
仰望天際的時候
世界那麼大，卻容不下一個你了

卻反覆想起遺憾
好想
成爲他

我們，總在漫漫長途中發現一顆
尚未熄滅的，星宿
那樣微弱，卻足以撐起整座星系
足以使你在生命尾聲時
感到了欣喜
就誤以爲這世界對你仍是寬容
但這樣
有何不可

你開始不在意自己是否能擁有那些，冠冕
開始看見一些枝微末節，卻彌足珍貴的
突然會泫目，突然心裡就泛起洪水

你知道
你已經不再是
從前的你了

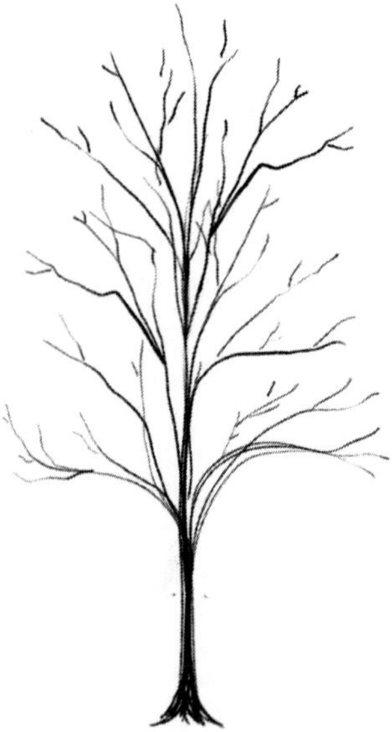

這樣的我

多年後若見我
椰子樹、鐵欄杆，與正飄零的
雞蛋花。淺聲低吟
成爲了一位歌頌美好缺憾的
詩人。你應該會愛上
這樣的我

你的眼裡仍有悲傷，仍有狂喜
要離開房間時，你告訴我：應該
輕吻我，不讓我說錯。應該
趁著年輕，好好撼動。應該
把握每一次，眼神的交錯。應該

愛過，就忍住
不放我走。

你的髮絲淩亂
列車行進間，這太危險
這趟旅程，我們不能太無法自拔
要是錯過終點站，我們回不去
最初的原點

仍有餘韻，你可以
在最後一刻輕巧地、悠閒地提起
就說：嘿，你也在這嗎？我真後悔
當時我應該……。不用太多餘的傷感
場景，已經爲我們塡答
已經宣示
故事的結局

多年後若見我
你應該會愛上
這樣的我

本詩發想自陳珊妮的歌曲〈應該2022〉。

回家的路

燦爛的，斑駁地映照矮屋
白鷺鷥距離水田還好遠
車廂的光芒卻好照眼
進站的，除了列車
還有……

交響樂隊加大力度
反覆在心口推摩，硬是要你
掉出幾滴淚

你不能預測自己究竟會走到哪裡
或是說，你並不知道自己已經走到了哪裡
那是迷途，那是荼蘼，那是歸去的路

不要忘了，地球是圓的
走得那麼久
走得那麼遠
可以
休息了
你已經到家了

遇見潘柏霖的詩，讓你想到
你不知道，自己，是否能妥善地
告別過往的怪物，當那些怪物有可能吃掉你
只好找一個地方開始哭泣
但今天不一樣了
因爲你看見了，從前的自己
你看見了
回家的路

儘管此刻黑暗駭人，而杳無
光芒。就讓我保留希望
讓我，重新
認識自己的心魔，悄聲些，說
你也在這嗎？親愛的
別怕
我保護你

本詩提及潘柏霖的詩作〈明天就要成為更好的人〉。

星期六
的下午三點

星期六的下午三點，多適合說愛的時刻，
昏睡、親暱，我們不要分開了。

陪我好好活

述及這片汪洋
述及你與暖春　我就忘記了蠻荒
忘記了我

寫一首短詩　一首
參差不齊的詩　雜亂無序的詩
我們在裡面（無盡的感性中）
悠遊

我們假裝自己仍然安好
假裝　那些傷痕沒有累累
只有樹梢欲墜的青芒果
只有我們相視的笑靨

只有吹拂的熱帶風
永遠　沒有永遠了
我們是這樣活著　不小心活著了
我知道　我曾說
我沒有要活

（那一瞬間，我幾乎忘記了自己，忘記了我之所以存在的理由……。）

擁抱不及親吻　不及你我
不要輕易地說出口
不要簡單地拋棄了
重複著　重製著
奔跑吧　跑到沙灘上的另一端
剪刀　石頭布

（你輸了，陪我好好活。）

在夏夜

你穿著花襯衫　一件
開著扶桑花的襯衫
沙灘褲上都是星砂　點點
波浪好涼　臉卻發燙
你就這麼
笑了

滾著草坪的月亮
她輕飄飄地來了
邊緣都沾上了金粉
都落到地表的柏油
不會的　不會熄滅　不會的　不會破裂

在這樣的夏夜　我們
笑得多張狂
多像
一個孩子

我知道人生有很多困難
有很多疲倦　有很多孤寂
我們並不是每一次都能安然無恙地度過
並不是每一次都能笑得開懷　在傍晚
我們看著星空　心裡想著小王子
但他沒有來　但他不會來
沒有
那一天

腳踏入波浪　好涼
臉卻仍舊發燙

你就這麼
笑了

本詩發想自鄭興的歌曲〈在夏夜〉。

髒兮兮的羽毛

有些事情就是錯的　就是
錯了（始終都沒對過……。）
很可惜　曾經愛惜
如今淪爲　我那
髒兮兮的羽毛

不要向我要求一個擁抱
不要執意往我這邊走來
那些易碎的願望
精緻的欲望
再多一些
就會　全都滿出來了

（夜色茫茫，你說，你要拚命記住我的模樣，你說，你怕忘了啊……。）

浸淫在柔軟的兩人座沙發（Everything is wrong.）
我不知道什麼時候才能看見曙光（Everything is wrong.）
我知道這是過程（Everything is wrong.）
那是最孤單最憂鬱的時分（Everything is wrong.）
沒了你（Everything is wrong.）

你能抱著我嗎
我仍愛著你呀

本詩發想自炎亞綸的歌曲〈Everything Is Wrong〉。

純色的憂鬱

著一件寬衣　隨手關上了
燈（分不清楚哪裡，是前、是後。）
敏感的情緒　敏銳的錯覺
決定了一分爲二的
思湎

純色的憂鬱　多夢純粹的自我
意識中漂流　我知道我沒有完整的
來處（不易尋獲，於是不再尋獲了。）
就這樣粉碎　就這樣拼湊
像小孩子的玩具
一瞬間
都弄丟了

我在找　我在找（說服自己）
我沒錯　我沒錯（說服不太有用）
執意將我流入了深深的海底
我不會泅潛
我只懂得如何愛你呀
卽便這將失敗
將破損而婆娑

說好要活
卻仍不乾不脆
深吸淺吐　告訴自己
這是個過程
慢慢走

下一盞路燈

黑暗中沿著路肩走
你告訴我呀　總有一天會看見光
你的模樣　緩步追逐的模樣
很好看

經過這一盞路燈
要多久　才會遇見下一盞
迷失時　總會特別惘然
特別悲傷

你說　不要怕
不要悲傷
隨著星斗走　隨著低垂星斗走

我知道　你也曾經挽留我
曾經在整片群星下親吻我
從背後　爬上我的心
我不知道　分離那麼難
爲什麼看見你哭　我也會哭
後來只是抱著我哭
不說話了

我還記得
黑暗中沿著路肩走
你告訴我呀　總有一天會看見光

不明白但愛

潮濕的天氣
透不出一點點陽光的雲層
你好固執　卻仍有溫度
我不明白你　不明白愛
但我愛你

棉被裡　枕套裡
還殘留你的氣味　好像
昨晚纏綿後留下的體溫味道
青澀的　疼痛的　流出一些夢
因爲疼愛我　所以怕捻熄我
我只記得
你的早安與親吻

沒有人教我愛
沒有人教我擁抱
一切好自然

還不清楚你的一切
卻想鑽入你的衣服襯裡
陽光會逐漸充足
我會愛你

本詩發想自愚青的歌曲〈有限〉。

Golden River

湖畔　幾近乾涸
燃盡了乾草與情愫
不能再傾訴了　就這樣唱
我們踮起腳尖
唱呀

我會穿一襲潔白無垢的洋裙
粉色的　漸層的傘
形狀好像一整群愛你的形狀
黃鸝鳥在八卦著我們的緣分
恬美　不帶任何欲望的
只是
要許你終身

整條金黃的溪流
牧羊人與羊群出現在我的夢裡
我不再　反覆去找一份不屬於我的愛
你會來的呀　我何須找
我何須大費周章
去愛一個
不是我的他

湖畔　幾近乾涸
燃盡了乾草與情愫
不能再傾訴了　就這樣唱
我們踮起腳尖
唱呀

不浪費

我們是貪圖取樂
貪圖一些自己不該擁有的
（就比如天上星辰、某人心靈，與自己夢見的未來，彷彿可以將它們
一一適用。）
我們摔倒　笑一笑　再一一站起
反覆犯錯　這才是
人生

電視空空地播放
我們眼睛都不在節目中　只是
一味地　停留　迂迴　不敢看彼此
我們手掌貼合　我們只是遇見
並不曉得會相愛了

相愛　是多麼簡單
你說
（你以整生的愛投擲於我，我在暗夜裡翻飛你的情愫，那些欲求，不會不滿。）

在夜晚撩撥
在漫漫長途以一艘小船踽踽前行
看見你
就誤以爲是光了

就是愛了

最後一次悲傷
也說不起　也擔不起
只是不想再懦弱

最後一次哼歌
也不曉得　也不願意
只是不想再無措

層層的顧慮在濃霧中逐漸散去
我們以赤裸的身軀相見
相看　起初詫異　而後擁抱
那是一種理解與溫潤的情動（模糊不已，卻仍感動。）
我在廣袤的人間注視你　偏偏注視你

不改（你要我改，也毫無頭緒……。）
只是你
就是你了

（緊緊地抓住了一些什麼，僅僅是看見了一些什麼，我們卻不再遠走了，哭泣得再也走不動了……。）

風吹散了什麼
我們見到了什麼
親愛的　親愛的
我們不再琢磨一些不可得的
只是愛
就是愛了

於是開始溫柔

會有一個人出現，不求甚解地開始愛你，
而你髮絲凌亂，不帶心機地，開始溫柔。

降落在你的掌心

你漸次收攏　靠近了
猶若翻開一本輕薄的愛情史
你的口吻　你的心室
我可以從中獲取一床　玫瑰花瓣
於是
開始溫柔

透光著　滂沱大雨
這是一次好大好大的　太陽雨
不習慣呼救　也不習慣　被拯救
我不是童話城堡裡的公主
而你　也不會是騎著白馬的王子

我進去了一個世界　一整個深遠的世界
卻不見得
出得來

線段　組成了記憶
當我固執己見　當我決意浮沉
當我　反覆拿出一些幾近說爛的
言辭　你會回應我
以擁抱　以永久　以恆常
我好像聽到
截然不同的人生了

髮絲垂危　眼淚飄浮
時光兀自回到了最初　一切
天高高的　心　淺淺的　夏宇這樣告訴我
你卻

接住我
接住下墜的我

本文提及夏宇的詩作〈我的死亡們對生存的局部誤譯〉。

你還記得嗎，陽光明媚

凝結在睫毛末端
樹木仍在嫁接　風仍在吹
秩序失序　我散落著
慌亂

人生是否出了什麼　謬誤
否則　怎麼會如此傷感
我知道　有你
一直陪著
使我不至於在一片　麥田中
如失事的　聖修伯里的飛機般
墜毀

今晨
陽光充足得　像是天空忘記關了燈
躲進　被榻
在生命中摸索　輕盈地點水
學著在雨季中撐傘　學著說愛
學著　不再惦念與綁架未來的彼此
望向你的面龐
我卻不知道
該去哪裡

世界　忽遠忽近
情懷與熱愛同是
很久以前　你打了個賭
說要活得
很幸福　很幸福

你還記得嗎

我們是這樣活著

陷入一床　綿柔的床鋪
蝴蝶　拉起被單邊角
窗櫺外的麻雀醒得比我們更早
眼神交流　然後錯身　假寐
翻一個圈
我們是這樣活著

仰望
露水還棲息在樹巔
雨季的味道蠢蠢　欲動
雨點快要掉下來
我們已經　決定不再拒絕
不再裝作無知

打勾勾　已經說好
要寫
很薄透的詩

小心　這一次
末日審判派不上用場
懺悔　或善果　都淪爲無用
只有金光閃閃的夕浪　與純白棉布裙
翻飛　波動　才能讓你見識
什麼叫做
浪漫主義

你的心跳　躺在我胸口
我的寬衣　擋不住你任何厚愛
夏季的溪流般
不斷
流進心口

你看見了嗎？我心中的孩子。如果你看見了，不要無視他、
不要欺凌他，請珍惜他，他不是每次都會出現的……。

明朗化

我讀不懂你的故事
眼神牽連口吻
你是否
在訴說什麼

如果
眞的很好奇
關於　更多的你
那你
要不要說給我聽

明明笑著
說再見

卻　清晰地
停留走廊裡
遮蔽眼睛的髮梢
輕微地停頓
我們迂迴

我會
輕輕聆聽著
奇妙的你
擁抱
我們之間
通透明亮的緣分

「每天都更明朗的天氣中，
我知道，陽光正逐漸充足。」

紛灑

「怎麼不說話？」我輕輕地詢問，在陽光照射下的你看起來，很動人。「我只是在看，」他歪著頭又停頓一下，說：「你眼中的我。」我不知道我應該要說什麼，或者該擺出什麼動作才好，此刻被你注視，我是如此手足無措。

你滿足了我好些日子，賦予意義的美好，我始終相信初次見你時，命定的悸動。好想把我們的事寫成一系列故事，我會揀一匹很薄很薄的紙，沒有修邊而還有樹木味道的那種，層層相疊的文字裡，每一吋空隙都透露著光線，迎著風吹雨淋，我們都會記起最初，彼此都不捨的那些時刻。

暗戀是愚蠢的，也是美好豐足的。如果不曾相遇，我要怎麼體會，那些人們口中喃喃所謂的青春，如何能組成我的青澀記憶。我相信命中的註定，我希冀一見鍾情，我眞的覺得未來某個人，會與我看人生向晚，坐觀夕陽然後偕老。我的生命中充斥著許多戀人，吟唱著一首首關於愛情的故事，使我不得不見識。

但多數時刻我是悲傷的，我需要用力振翅接近火源，太近受傷、太遠遺憾。無法想像我無時無刻不需要你的眼神與唇語，本來不是這樣的，我會反覆地思考，才會反覆地無法入眠，太簡單的道理，我根本、根本捨不得解開。那多殘忍。不思量自難忘，我卻等候遺忘。怎麼能悠然地陪伴你，旁觀你生命中的人來人往，你的勇氣與眷戀，對我來說都是泛酸的綠檸檬。

我知道，我真的明白，你所謂的那些話語。但親愛的你，我何曾埋怨。你會一直活在我的生命裡，即使將來相逢，你苦笑說已淡忘我，但物是人非的變遷裡，你是如此獨特，你已經是一部分的我了，知道嗎？

「這樣你懂了嗎？」我笑著說。「不懂。」你也笑著回覆我。陽光再次紛灑，我緩緩注視你，我說：「我從你的眼睛裡，看到我了喔。」

你笑彎了眼，看起來，很開心。

用我身上掉下的那塊肉，熬成詩

他說：「太脆弱時你總是很需要我。」是啊，眞是奇怪。他向我展現身上的疤痕和感傷，我說，你眞是柔軟，像我一樣。他突然淚流，說：「我是嗎？眞的嗎？」我微微笑點頭，果然連哭泣的口吻都如出一轍。

我多頑強又孤僻，才養成我的孩子徒然傷懷。他被擺在我胸口，逐漸被淚水茁壯，最後長成一個生命。我時常看他，想著他如何被孵化、破碎蛋殼的光澤、牙牙學語的喜悅時刻，忽然就是一幅絢麗的畫。但如今世界卻不再寬待我們，我與你相依墜落，淚水卻留在曠原。

你還好嗎？想來我終究辜負你了。他靠在我手腕旁，他說：「我還沒長完嗎？」是啊，你不只現在這樣。「我不會怕哦！」是嗎，你怎麼不怕？「我知道離開你，只是一下下，你想我，所以我會回來。」那如果，眞的分別了呢？不怕嗎？「嗯……」他若有所思，然後說：

「代表你以後會好好照顧自己，不需要我，但不代表你快樂，代表、代表……。」你的話含含糊糊，沒怎麼說完，我卻聽得很明白。

我想你該睡了，親愛的，我不會離你而去。

空靈

切開空間
虛設時間
沿著鋒利邊緣
墜入間隙

撥開
遠方有片海洋
有朽蝕浮木
沉重浸濕
難以抓握的愕然

踏上
雲造的梯

與天上鯨豚共游
漂泊在無語之間
落雨是我

天際耀眼
自間隙抬升
四肢疲軟
意識顯然

那天
我在床上完全清醒

盛雪高原

漫步在白雪皚皚的平原，一瞬間紛飛瑞雪，快要迷失方向。聽見遠方角鴞低鳴，一整片森林在極遠之地搖曳，漸濕的鞋踩踏一路的雪，落雪卻淹沒我的足跡。還要再千年的誤會，才能解開前世的相識，只是這樣信步，悠閒又匆促地，都彷彿是場夢。潺潺的唇語中，你始終是一場，我無法描繪的風景。

翻過越多嶺頭，見到的景色漸廣，一切都越開闊，但睡意也逐漸蓬勃了。人們終其一生都無法眞正得到什麼，以爲眞切擁抱的在衰老，緊攢在手裡的沿著指縫流失，奮力抵抗的終有一天得接受，好像自由的錯覺在挫折時感到自卑。就連死亡，人們也想選擇卻無從選，選一個終身的歸宿，一生奔馳而風發的人，在單人棺材裡，慢慢、慢慢地內化成只有自己會動容的感受。

「我太想睡了，太想、太想了。」看著無窮綿恆的雪地，我輕輕地倒下，再緩緩闔眼。我來生願意成爲空氣與水，循環在世界每一角落。也許我會若無其事地說，你知道嗎？上輩子我當過人，有肌膚有指甲的人，會歡喜會悲傷的人。只是有天我橫跨雪地時，雪花覆蓋了我的臉龐，我親眼看到我的指尖凍霜、結冰。有那麼一剎那，我想呼救，但沒有人聽見。我靠著你的耳畔輕聲說，綿綿細語讓你覺察，你的眼眶濕潤，卻看不見我。你伸出手要接住我，但很快你就發現我，只是空氣，每日都陪伴你。

蔓延開來的思緒，終於替我把這片白雪地點綴成詩。我能感受每天醒來又入夢，無限循環的事，以為好了卻隱隱作痛的傷口。沸騰的眼淚順著眼角滴在雪堆，沒有聲響卻也沒有任何能辨認出的痕跡，我想是錯覺，是我累了。我想起九死一生的許多時刻，但從此刻開始都只是個故事，都獨立成命，能一直被朗誦複讀，再不需要我了。

一覽無遺的高原上，大雪一直一直下，享受著獨自賞雪的逸趣。我感受體溫逐漸流失在冰涼的雪上，天際的雪從很高很高的地方落下，雪花一朵一朵堆在我身上，然後慢慢、慢慢淹沒我的口鼻，彷彿能聽到輓歌重複吟唱，樹枝是大地給我的一張輓聯。最後一朵雪花落進眼睛，讓我的眼睛融雪。等到你再次見到我，就是恆久的以後了。

你將永遠懷念我。

何其有幸

時光把他曬得有點皺，像一棵老邁的樹，有著淡淡的樹木味道。他對我鞠躬作揖，我連忙扶起，說：「你太客氣了。」他笑得很深，即使現在一片灰暗，我仍然看得仔細。他抬頭看著我，緩緩地說：「感謝你記得我，能被記得的人是幸運的。」他的眼裡含著光芒，很溫柔。我有點捨不得他，我把他的衣角揉散、拉平。「以後也會有人記得你的，放你在心上，你眞的很幸運。」我淺淺地一笑。

我們來回交談著，彼此說說笑笑。「時間快到了，你該走了。」遙遠的彼方傳來聲響，馬不停蹄地向我們趕來。「謝謝你，下輩子我想你時該怎麼辦？」他低沉的嗓音蘊藏歲月，帶笑地說。我感慨地定了定神，我以爲此刻會悲痛萬分，傷心而欲絕，但我沒有。

「那就記得我，讓我也當一個幸運的人。」

他笑一笑，我喜歡這種青春燦爛的笑，他轉身向隧道前方走去。我目送他，直至他隱沒在光亮裡，再也看不見。我停頓在原地一會兒，才摸索原路歸去。從今往後，我再也見不到他了，親愛的他不知道，對我而言，能記得他，才是我三生有幸，我怎麼捨得。

「你在我的腦海中餘波盪漾，模樣反覆華美，能記得你，我何其有幸。」

我的汗水浸濕被褥，雙眼睜開看著天花板。黃粱一夢。我看了看一旁還未響起的鐘，六點十分，剛好是他過身的時間。我緩緩睡下，想起夢裡他深遠的笑，忍不住哭泣。

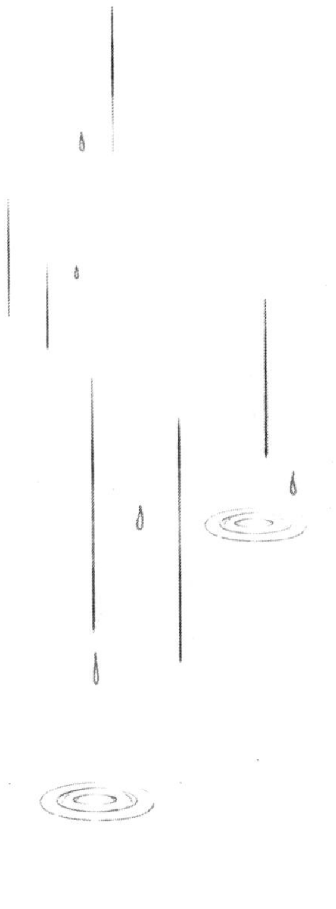

女性癮者・譫妄症

「一整片森林裡，會有一棵屬於妳的樹，我找到了，妳也會找到的。」父親握著我，不疾不徐地說。我問他，屬於他的樹是一棵白蠟樹嗎，是不是他最喜歡的樹種，雖然難以被森林容納。「不是，是一棵橡樹。」我看著他，看到我的倒影從他的瞳孔反射，我能感受到父親的溫暖和諧，像一棵橡樹。過了很多年後，我終於知道那美麗又不易擁有的白蠟樹，是我的母親。

從小，父親就喜歡往森林散步，攜著幼小的我解說龐大的生態。他會用充滿文藝氣息的語氣，向我描述春夏秋冬。他笑著對我說：「白蠟樹是最美麗獨特的樹，整座森林都因她的美貌而妒嫉她，從她生而爲白蠟樹時，便註定了。」他說完，摸了摸我的頭，他摘下一片葉子，說：「妳看看白蠟樹葉的紋理，是不是很細密蜿蜒？」每個月父親都會帶我進入這片森林，那些他說過的話都一再重複。有時，我會故意說我忘了，請父親再說一次。

父親是一位德高望重的醫生，即使與他的興趣完全不搭調，但確實如此。

又一次譫妄症發作，父親再一次昏倒了。我看著他的臉龐，我看見這棵橡樹曾經很輝煌，而如今卻慢慢凋零。他漸次甦醒，我握著他的手說：「媽媽她不會來了，那該死的臭女人，還是這麼討人厭。」我故作鎮定地說，當這是一個玩笑。「不要這樣，喬伊，妳知道的。」父親微笑搖搖頭，示意我不要再說下去。我感受到心臟在燒灼，沿著臉龐泛紅，我有些不悅，也許父親該責備我，或與我一起嘲弄母親，但他沒有。我說：「你知道嗎，媽她根本不想聽我說你的事，她丟下我們，丟下這個家庭……。」父親劇烈咳嗽不止，打破這個話題，我沒有辦法忍住不哭，所以我低下頭去，沒有繼續說。

在那之後不久，父親已經不能下床了，他裹著棉被發呆，一切空白。旁邊的護理師拍了拍我的肩說：「妳看起來很疲累，妳可以去散個步什麼的，休息一下。」我看著她，問：「妳能幫我照顧好他嗎？」她點點頭。所以我又來到童年的森林，我摘了一根白蠟樹的枝葉回病房，我輕輕靠著床杆，將它遞給父親。「嗯……真美，白蠟樹依舊這麼美。」我微微笑，說：「但父親，你是怎麼在冬天裡認出它的呢？」父親說：「喔親愛的，」我突然有點感傷，「我說過了呀。」我感受淚水還是流下來了。「但我忘了呀，爸爸。」

當他準備開始述說，癲癇卻發作了，他大喊大叫，口沫沿著嘴角流出。我眼睜睜看著父親，他翻滾到地板上，醫生和護理師合力架住，將他綁回病床。他說：「為什麼你們要這麼對我？我的女兒，喬伊，救救爸爸啊！為什麼，到底為什麼……？」歇斯底里的幻覺，極度缺乏安全感，瀕臨死亡的恐懼，原來這就是譫妄症，我第一次見識到。之後，我問父親：「你怕死嗎？」他說：「親愛的，我是個醫生，我見過各種死別。」他親吻了我的額頭。

我沒辦法控制狀況，我感到悲傷，覺得時間愈來愈少，父親的生命顯著地流失。「我沒辦法，我根本做不了任何事……。怎麼辦、怎麼辦，到底該怎麼做……？」我對於父親的病況束手無策，同時，我也無法把自己從巨大的悲傷中抽離出來。

有一天夜裡，一通電話響起，我趕到醫院陪著他，直到天亮。終於，父親逝世了，橡樹枯了。母親還是來到病房，她美麗冷豔，漠然地看著他，就像那棵橡樹不能擁抱的白蠟樹。

我依舊不知道父親是如何喜歡上白蠟樹的，也不知道屬於我的樹在哪。如果有，我想那是棵歪曲的樹，不甚美觀的樹。即便如此，我還是想找到它。

「父親緩緩閉上眼，白蠟樹的枝葉放在他的胸前，橡樹終於，能夠擁抱白蠟樹。」

本文發想自電影《女性癮者》。

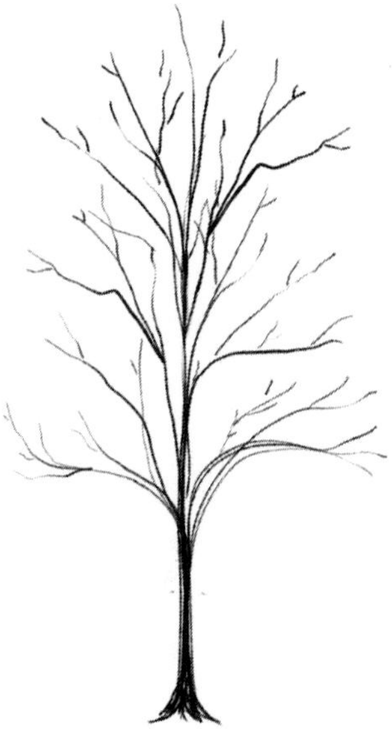

當我想起你，隨之起舞

你的　臉龐　看起來就像晚霞
請你　吻我　銜著我旋轉燈下
布幔　遮蓋我的睫
珠寶　傾瀉我的唇
天啊親愛的　目不交睫
樂此不疲

我不是皇室
你沒有頭銜
我們怎麼感覺像是　擁有了整個星空
隨風搖曳的夢
無論你離我多遠
冉冉上升

反覆練習聆聽一首歌曲
渴望記取教訓
擺盪　墜落
我們相視而笑
無窮無盡的泡沫在藍天　翩翩起舞
攜手　崖底
你擁有我　而我真的好愛你

跳舞　旋轉　指尖迴繞
輕柔地飛往彼方
一株不透水的蒲公英
你是一場青春
是盛夏煙火
是午後長久不去的憶想

是你
是我曾擁有你

回

晨早
你　輕輕說
終於時光來到了最安逸的時刻
極致安全的　美好事物
從此被安放的
你　輕輕說

海水並不如想像中的藍
但理想中的理想　依舊很理想
我會　輕輕唱
直到時光迂迴著
眼皮　堆滿了厚重的
曾經滂沱

而現已乾涸的
雨季

我們
來到了最長久
所有溫度與膚觸
組成了
紅泛而溫熱的雛形
很好奇
時光滾石
怎麼滾到了腳邊
但長久的凝望與等候
已經成爲了最眞實的回答
突然有一天　當熱淚盈眶　順風疾呼
那相對而言
已經遙遠的身影

來回翻找
或輕或重
不明所以
所有的疑惑
飄浮在我的生命長河上緣
汩汩流動
越拉越遠
逆流中
你　是不是
回到了哪裡

Things don't work that way.
I promised I wouldn't say goodbye.
So I grin and my voice gets thin…

…Where do you think you're goin'?

傍晚
你　輕輕說
而我會
輕輕唱

本詩發想自Lady Gaga的歌曲〈Joanne〉。

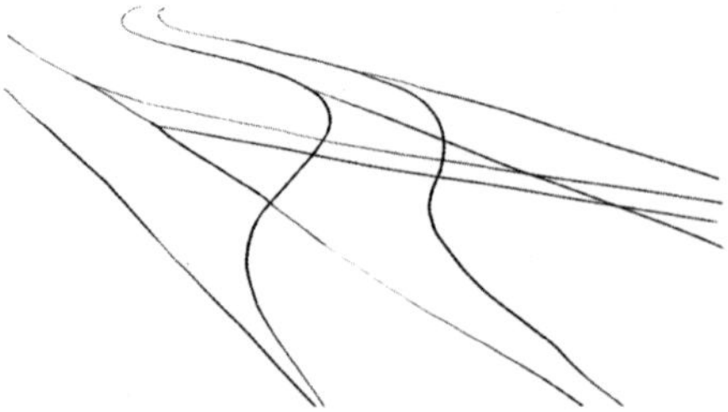

冬雪聽說世界又來

冬雪　開始積累在過往的窗櫺緣
聽說　夏季情分逐漸失溫
世界　終於以熟悉方式
又來

盛雪高原上的　他
有沒有復生
很多時間相愛的旅人們
怕不怕過季
被貼上特價標籤的
愛

穩妥的幻想
繽紛瑞雪落花
八九月的情感
淩亂枕被的餘溫
當感性與理性並行
我怎麼能知道我口中的那顆軟糖
它　是什麼口味

用肌膚感受世界的粗糙
在人海裡無聲俯首懺悔
用力踩踏　過往那些
凍死的自己

熟悉的冬雪不停
思緒
又來

使我依舊吟唱著一篇篇
爛俗的愛情故事

更快樂

塵土飛揚
黏膩煩擾
可以是生活最好的鏡
讓我再次看到平凡事物中的確幸

鬆泛的時刻
看見了天底下最舒服的歸途
在反覆卻又相似的生命裡
放開了自己
卻也放開了幸福
一顆紅氣球
一顆碩大無朋的紅色蘋果

曾經感到快樂的
並不快樂

那會不會才是生活眞實的樣貌
平淡無奇亟欲襯托的　否則
我們根本不曾
不曾察覺

好事好多　好事多磨
覆蓋陰暗的潮濕的毒
在安逸的生活裡
我卻見到無窮的毀滅
自我與自我的對峙
漫天思緒

我捨棄了很多　很多
快樂
好讓剩下的快樂
更快樂

後記

太刺眼的光芒，不適合擁抱與親吻

你的傷口好多了嗎？也許沒有，我知道一時半刻無法復原。但不代表這一切沒有機會，如果你相信有光，並持續往光走去，這是有可能的。或是，如果我們認知到，帶著傷生存並沒有什麼大不了的，想著，帶著黑洞活著沒關係的，或許還可以活活看。

當伴侶、世界閃爍著太耀眼的光芒，我們難以直視，那樣刺眼，我們該怎麼擁抱與親吻呢？只要一點強光，就足以勾出我們深沉的闇黑。這是一個差距，我不是鼓吹一起沉淪，但愛之中，也許也隱含自卑與錯失，我們沒想過。終究是這些傷人的事物陪伴我們一起長大了，難以鎮痛。我遇過那些過分美好的人，幾乎痛恨，我希望再也不會遇見他們，卻仍心懷遺憾。我時常想起，曾經與他們共舞，在這個世界恣意地揮灑，但突然有一天沒有了，有一天不見了，他們離開了。世界又回到這樣空蕩蕩的，於是我哭泣著。就好像他們奪走了我的光，只留下了空泛的黑洞。沉浸在某個時刻，很快就會刺痛，要我把那些不好的、骯髒的養分通通催吐，我沒有感想，我只剩下灼傷感。

會不會有一種可能，是他們太好，是他們太耀眼了，不是我的錯。這樣想，就可以與我的黑洞共存了，就可以輕輕撫摸著心裡的怪物，告別過往的恐懼。於是，決定了，我們要成爲溫和柔軟的冬日陽光，我們不當夏日熾熱的烈陽，我們要溫暖別人，不要燙傷別人。慢慢學，總有一天我們也會學會，好好愛自己，再好好愛別人。我希望可以擁抱書本前的你們，就像擁抱夢中小時候的自己。

《驛站》的封面線條是金色的、黃澄澄的，就好像蜜蜂墜入蜂蜜瓶中，也像琥珀的光澤。我愛你們，就像愛著那些無疾而終的戀人、終究虧欠的父母親人、時不時就想見的親暱朋友。我深刻地在每一刻悠遊，從中獲取一些愉快的、悲傷的，想要滿足這一輩子沒有呼吸到的氧氣。十八歲，多麼青澀的年紀，再幾個月我就十九了，但我仍是稚嫩，仍是乳臭未乾。我何德何能讓你們詳讀我的一字一句，我如何喜悅，就好像第一次碰見綿綿細雨，第一次遇見野生花香。逃離，逃離一段路，讓我們瘋狂，讓我們熱愛荼蘼，我們不要再見。我好像又回到了當初驛站前的那一條街，懷抱著夢想、炙熱的陽光，一切相似又不相似，只是我好像更願意去走。要相信著自己有光亮，相信愛情，相信一切的魔法，因爲世界太美好了，容不得我們的質疑。雖然不能說好全了，雖然心中還有悲傷，雖然還有些碎片滲出血，但我感到幸福。我覺得很幸福了，這一刻，我不怕任何流言蜚語，我不怕眼光。我是我了。

用貓步跳著走，讓大雨洗禮，我們看不見來路，但不會害怕，盡情放肆、盡情起舞。

謝謝你們，讓我做夢。

國家圖書館出版品預行編目

驛站前的整條街都溶在光裡 / 宏先著. -- 臺北市 :
致出版, 2023.1
面； 公分
ISBN 978-986-5573-50-8(平裝)

863.51 111019963

驛站前的整條街都溶在光裡

作　　者／宏　先
出版策劃／致出版
封面設計／吳咏潔
手寫字體／c_writing
製作銷售／秀威資訊科技股份有限公司
114 台北市內湖區瑞光路76巷69號2樓
電話：+886-2-2796-3638
傳真：+886-2-2796-1377
網路訂購／秀威書店：https://store.showwe.tw
博客來網路書店：https://www.books.com.tw
三民網路書店：https://www.m.sanmin.com.tw
讀冊生活：https://www.taaze.tw

出版日期／2023年1月　　**定價**／425元

致 出 版　　向出版者致敬